Maurice Leblanc

Arsène Lupin

Der blaue Diamant

Kriminalroman

BE
Belle Époque Verlag

Neuausgabe des Belle Époque Verlags, Inh. G. Pahlberg, Wiesenstr. 7, 72135 Dettenhausen.

Originalausgabe: La Dame blonde (1906)

Klassische Übersetzung aus dem Französischen von Hans Jacob, sorgfältig neu bearbeitet von Christian Reichenbach.

Umschlaggestaltung: Belle Époque Verlag

Herstellung: Custom Printing, Wał Miedzeszyński 217/1, 04-987 Warszawa, Polen

ISBN: 978-3-945796-86-3

Der blaue Diamant

Am Abend des 27. März schlief in der Avenue Henri-Martin der alte General Baron d'Hautrec, der im zweiten Kaiserreich in Berlin Gesandter gewesen war, in dem kleinen Palais, das ihm vor sechs Monaten sein Bruder vererbt hatte. Der General ruhte in einem bequemen Sessel, während seine Gesellschafterin ihm etwas vorlas und die Schwester Auguste ihm sein Bett vorwärmte und die Nachtlampe zurechtmachte.

Um elf Uhr sprach die Nonne, die an diesem Abend ausnahmsweise in das Kloster ihrer Ordensgemeinschaft zurückkehren und die Nacht bei der Schwester Oberin zubringen musste, zur Gesellschafterin: »Fräulein Antoinette, meine Arbeit ist getan, ich gehe jetzt!«

»Ist gut, Schwester.«

»Vergessen Sie ja nicht, dass die Köchin heute aus ist, und dass Sie allein mit dem Diener sind.«

»Seien Sie ganz unbesorgt um den Herrn Baron. Ich schlafe, wie verabredet, im Nebenzimmer und lasse meine Tür offen.«

Die Nonne ging. Einen Augenblick später kam der Diener Karl, um seine Instruktionen zu empfangen. Der Baron war aufgewacht. Er traf die nötigen Anordnungen selbst.

»Also immer dieselben Vorschriften, Charles … zuerst nachsehen, ob das elektrische Läutwerk in Ihrem Zimmer funktioniert, und beim ersten Klingelzeichen schnell zum Arzt laufen.«

»Sind denn der Herr General noch immer besorgt?«
»Es geht ... es geht mir nicht gut. Doch weiter, Fräulein Antoinette, wo waren wir in unserer Lektüre stehengeblieben?«
»Der Herr Baron gehen also nicht zu Bett?«
»Nein, ich lege mich sehr spät nieder und brauche dann weiter niemanden.«
Zwanzig Minuten darauf schlummerte der Greis von neuem, und Antoinette entfernte sich auf Zehenspitzen. Zur gleichen Zeit schloss Charles sorgfältig wie gewöhnlich die Fensterläden im Erdgeschoss. In der Küche schob er den Riegel der Tür vor, die in den Garten führte, und im Vestibül hakte er außerdem die Sicherheitskette ein. Daraufhin kehrte er wieder zurück in seine Mansarde im dritten Stock, legte sich hin und schlief bald ein.
Eine Stunde etwa mochte verflossen sein, als er mit einem Satz aus seinem Bett sprang. Das Läutwerk tönte. Es klingelte lange, etwa sieben oder acht Sekunden, heftig und ununterbrochen.
»Nun gut«, sagte Charles sich, als er zur Besinnung kam, »also wieder eine Laune des Barons.«
Er schlüpfte in seine Kleider, stieg rasch die Treppe hinunter, blieb vor der Tür stehen und klopfte gewohnheitsmäßig an. Keine Antwort. Er trat ein.
»Was«, murmelte er, »kein Licht? ... Warum zum Teufel hat man es ausgelöscht?«
Er rief leise: »Fräulein?«
Keine Antwort.

»Sind Sie da, Fräulein? … Was ist denn? Ist der Herr Baron krank?«
Das gleiche Schweigen rings um ihn, ein tiefes Schweigen, das ihm schließlich Angst machte. Er machte zwei Schritte nach vorn. Sein Fuß stieß an einen Stuhl, und er bemerkte, dass er umgestürzt war. Und gleich darauf fühlte er mit der Hand andere Gegenstände auf dem Boden, ein kleines Tischchen, einen Bettschirm. Voller Unruhe tastete er sich zur Wand zurück und suchte den Lichtschalter. Er fand ihn und betätigte ihn. Mitten im Raum, zwischen Tisch und Spiegelschrank, lag der Körper seines Herrn, des Barons d'Hautrec.
»Was? … Kann das sein?«, stammelte er.
Er wusste nicht, was er tun sollte, und mit starren, hervorquellenden Augen betrachtete er ringsum die Verwüstung, die umgestürzten Stühle, einen großen Kristallleuchter, der in tausend Stücke zerschlagen war, die Wanduhr, die auf dem Marmor des Kamins lag, kurz gesagt, Spuren, die auf einen fürchterlichen und heißen Kampf schließen ließen. Der Stiel eines stählernen Stiletts glänzte nicht weit von dem Körper des Barons entfernt. Die Klinge tropfte von Blut.
An der Matratze hing ein Taschentuch mit roten Flecken.
Charles schrie laut auf. Der Körper seines Herrn hatte sich in einer letzten Anstrengung aufgerichtet und war dann zusammengebrochen, noch zwei oder drei kurze Atemstöße, und dann war alles vorbei. Er beugte sich über ihn. Durch eine

schmale Wunde am Hals sickerte Blut, das den Teppich mit dunklen Flecken benetzte. Das Gesicht behielt einen Ausdruck rasende Angst.

»Jemand hat ihn umgebracht«, stammelte er, »jemand hat ihn ermordet!« .

Und ihn schauderte bei dem Gedanken an die Möglichkeit eines zweiten Verbrechens. Schlief denn die Gesellschafterin nicht im Nebenzimmer, und hatte der Mörder des Barons sie nicht auch getötet?

Er stieß die Tür auf. Das Zimmer war leer. Er schloss daraus, dass Antoinette entführt worden war, oder aber, dass sie sich vor dem Verbrechen entfernt hatte. Er ging wieder in das Zimmer des Barons und, wie seine Augen auf den Sekretär fielen, bemerkte er, dass das Möbelstück nicht aufgebrochen war. Ja noch mehr. Er sah auf dem Tisch neben dem Schlüsselbund und der Brieftasche, die der Baron jeden Abend dorthin legte, eine Handvoll goldener Louisdors.

Charles ergriff das Portemonnaie und machte die Fächer auf. Eins davon enthielt Banknoten. Er zählte sie. Es waren dreizehn Hundertfrankenscheine. Ein Vermögen.

Da war etwas stärker in ihm als er selbst. Unwillkürlich, mechanisch, ohne dass sein Denken an der Bewegung der Hand beteiligt gewesen wäre, ergriff er die dreizehn Scheine, steckte sie in seine Jackentasche, stürmte die Treppe hinab, zog den Riegel auf, löste die Sicherheitskette, warf die Tür zu und rannte durch den Garten davon.

***

Charles war im Grunde ein anständiger Mensch. Kaum hatte er das Gitter zugeworfen, blieb er in der frischen Luft stehen, während ihm der Regen das Gesicht kühlte. Was er getan hatte, erschien ihm jetzt im wahren Licht, und er erschrak.

Da kam eine Droschke vorbei.

»Bester Mann«, rief Charles dem Kutscher zu, »schnell zur Polizeiwache und den Kommissar holen! Im Galopp! Es ist jemand ermordet worden!«

Der Kutscher peitschte sein Pferd und fuhr eilig davon. Als aber Charles ins Haus zurückkehren wollte, konnte er nicht mehr hinein. Er selbst hatte ja das Gitter zugeworfen, und das Gitter ließ sich von außen nicht öffnen. Andererseits nützte es auch nichts, zu läuten, da ja niemand im Palais war.

Er ging also im Garten auf und ab, der an dieser Seite der Avenue einen Saum von grünen, sorgfältig gestutzten Bäumen bildete.

Erst nach einstündigem Warten konnte er dem Kommissar die Einzelheiten des Verbrechens schildern und ihm die dreizehn Banknoten aushändigen.

Inzwischen rief man einen Schlosser, dem es mit viel Mühe gelang, das Gartentor und die Tür des Vestibüls zu öffnen. Der Kommissar stieg die Treppe hinauf und sagte sofort nach dem ersten

Blick zum Diener: »Aber Sie hatten mir ja gesagt, das Zimmer befände sich in der größten Unordnung!«
Charles stand festgenagelt, wie hypnotisiert, an der Schwelle: Alle Möbelstücke waren wieder an ihrem gewohnten Platz! Das Tischchen stand zwischen beiden Fenstern, die Stühle waren wieder aufgerichtet und die Pendeluhr stand mitten auf dem Kamin. Die Trümmer des Kandelabers waren verschwunden.
Charles stammelte schreckensbleich: »Und wo ist die Leiche des Herrn Baron?«
»Ja«, rief der Kommissar, »... Wo ist denn das Opfer?«
Er näherte sich dem Bett. Unter einer großen Decke, die er zurückzog, lag der General Baron d'Hautrec, der ehemalige französische Gesandte am Berliner Hof. Er war mit dem Waffenrock bekleidet, den das Kreuz der Ehrenlegion schmückte. Das Gesicht war ruhig, die Augen waren geschlossen.
Der Diener stammelte: »Es muss jemand hier gewesen sein.«
»Auf welchem Weg denn?«
»Ich weiß nicht; aber es muss jemand dagewesen sein während meiner Abwesenheit ... aber halt! Da auf der Erde lag ja ein kleiner, stählerner Dolch und dann auf dem Tisch ein blutiges Taschentuch ... Es ist nicht mehr da. ... Jemand hat es weggeräumt. ... Man hat alles wieder in Ordnung gebracht.«

»Aber wer?«
»Der Mörder.«
»Wir fanden doch alle Türen geschlossen vor.«
»Er muss im Palais geblieben sein.«
»Dann müsste er noch hier sein, da Sie ja den Bürgersteig nicht verlassen haben.«
Der Diener überlegte, dann sagte er leise: »Allerdings, allerdings. Ich habe mich ja nicht vom Gartengitter entfernt ... jedoch ... «
»Wen haben Sie zuletzt gemeinsam mit dem Herrn Baron gesehen?«
»Fräulein Antoinette, die Gesellschafterin.«
»Wo ist sie denn hinverschwunden?«.
»Nach meiner Meinung muss sie, da ihr Bett unberührt war, die Abwesenheit der Schwester Auguste genutzt haben, um ebenfalls auszugehen. Das wundert mich nicht so sehr; sie ist hübsch, jung ...«
»Aber wie soll sie denn fortgegangen sein?«
»Durch die Tür.«
»Sie hatten doch den Riegel vorgeschoben und die Sicherheitskette vorgelegt!«
»Das habe ich, aber erst später! Sie muss vorher das Gebäude verlassen haben.«
»Und das Verbrechen hätte nach ihrem Weggehen stattgefunden?«
»Natürlich.«
Die Polizei durchsuchte das Haus von oben bis unten, vom Boden bis zum Keller; doch der Mörder war entkommen.
Wie? In welchem Augenblick? War er es oder ein

Komplize, der es für ratsam gehalten hatte, noch einmal an den Schauplatz des Verbrechens zurückzukehren und alles zu beseitigen, was ihn hätte verraten können?

Das waren die Fragen, über die sich nun die Polizei Gedanken machen musste. Um sieben Uhr kam der Gerichtsarzt, um acht Uhr Dudouis, der Chef der Sicherheitspolizei.

Darauf erschienen der Oberstaatsanwalt und der Untersuchungsrichter; allmählich füllte sich das Palais mit Polizeiagenten, Inspektoren, Journalisten. Es kamen der Neffe des Barons d'Hautrec und andere Mitglieder der Familie.

Man studierte genau die Lage des Leichnams, wie sie Charles schilderte; man befragte die Schwester Auguste sofort nach ihrer Rückkehr über das Verschwinden der Antoinette Brehat. Sie hatte das junge Mädchen zwölf Tage vorher auf ausgezeichnete Zeugnisse hin engagiert und konnte nicht glauben, dass sie den ihr anvertrauten Kranken verlassen haben sollte, um sich in der Nacht allein herumzutreiben.

»Um so weniger«, stimmte ihr der Untersuchungsrichter zu, »als sie dann bereits zurück sein müsste. Wir kommen also immer wieder auf dieselbe Frage zurück: Was ist aus ihr geworden?«

»Nach meiner Ansicht«, sagte Charles, »ist sie vom Mörder entführt worden.«

Die Hypothese war plausibel und stimmte auch mit verschiedenen Anzeichen überein.

Der Chef der Sicherheitspolizei sagte: »Entführt? In der Tat, das ist nicht unwahrscheinlich.«
»Nicht nur unwahrscheinlich«, sagte da eine Stimme, »sondern in direktem Widerspruch zu den Tatsachen, zu den Ergebnissen der Untersuchung, kurz, zu aller Wahrscheinlichkeit.«
Diese Stimme klang hart und rau, und niemand wunderte sich, als man bemerkte, dass sie von Inspektor Ganimard ausging. Ihm allein konnte man diese undiplomatische Ausdrucksweise verzeihen.
»Ach, da sind Sie ja, Ganimard!«, rief Dudouis. »Ich hatte Sie nicht gesehen!«
»Ich bin bereits seit einer halben Stunden da.«
»Sie haben also noch für andere Dinge Interesse als für das Los 514, Serie 23, für die Affäre der Nile Clapeyron, die blonde Dame und Arsène Lupin?«
»Na, na!«, spottete der alte Inspektor. »Ich möchte nicht behaupten, dass Lupin mit der jetzigen Affäre nichts zu tun hat, doch lassen wir bis auf Weiteres die Angelegenheit mit dem Lotterielos auf sich beruhen, und sehen wir, worum es sich hier handelt.«

***

Ganimard war zwar nicht gerade einer der Ermittler mit besonderem Weitblick, die da Schule machten, und deren Namen in den Gerichtsannalen bestehen bleiben würden. Es fehlten ihm jene

genialen Geistesblitze, welche Leute wie Dupin, Lecoq und Sherlock Holmes erleuchteten ... Aber er besaß ausgezeichnete mittlere Qualitäten, Beobachtung, Scharfsinn, Ausdauer und sogar Intuition. Sein Verdienst bestand darin, absolut unabhängig zu arbeiten. Nichts, abgesehen von der Faszination für den Gentleman-Gauner Arsène Lupin, konnte ihn stören oder beeinflussen.
»Zunächst«, begann er, »möchte ich den Herr Charles bitten, mir einen Punkt genau zu beantworten: Waren alle Gegenstände, die er das erste Mal umgeworfen oder in Unordnung sah, beim zweiten Mal genau an ihrem gewöhnlichen Platz?«
»Allerdings.«
»Es ist also klar, dass sie an ihren Platz nur von jemand zurückgestellt werden konnten, dem der Platz eines jeden von diesen Gegenständen vertraut war?«
Diese Bemerkung frappierte die Umstehenden.
Ganimard fuhr fort: »Eine zweite Frage, Herr Charles ... Sie sind durch ein Läuten geweckt worden. Wer war es nach Ihrer Meinung, der Sie rief?«
»Nun, der Herr Baron selbstverständlich.«
»Schön, doch in welchem Augenblick soll er geläutet haben?«
»Nach dem Kampf ... im Augenblick des Todes.«
»Unmöglich, denn Sie fanden ihn ja leblos mehr als vier Meter von dem Klingelknopf entfernt.«
»Dann also während des Kampfes?«

»Unmöglich; denn das Läuten, sagten Sie, war ein regelmäßiges, ununterbrochenes und dauerte sieben oder acht Sekunden. Glauben Sie, dass ein Angreifer ihm Zeit gelassen hätte, derart zu läuten?«

»Dann also geschah es vorher oder im Moment des Angriffes.«

»Unmöglich! Sie haben uns gesagt, dass zwischen dem Glockensignal und dem Augenblick, wo Sie ins Zimmer traten, höchstens drei Minuten vergangen sind. Wenn also der Baron vorher geläutet hätte, so müssten der Kampf, die tödliche Verletzung, die Agonie und die Flucht sich in dem kurzen Zeitraum von drei Minuten abgespielt haben. Ich wiederhole, das ist unmöglich!«

»Dennoch«, sagte der Untersuchungsrichter, »irgendjemand hat geläutet. Wenn es nicht der Baron war, wer war es dann?«

»Der Mörder.«

»Mit welcher Absicht?«

»Ich kenne seine Absicht nicht. Aber die Tatsache, dass er geläutet hat, beweist zumindest, dass er wusste, dass das Läutwerk mit dem Dienerzimmer in Verbindung steht. Und wer nun konnte diesen Umstand kennen, wenn nicht eine Person aus dem Haushalt?«

Der Kreis der Mutmaßungen wurde immer enger. Mit einigen schnellen logischen Sätzen beschränkte Ganimard die Frage auf ihr eigentliches Gebiet, und da der Gedanke des alten Inspektors deutlich zutage trat, erschien es ganz natürlich,

dass der Untersuchungsrichter schloss: »Kurz, in zwei Worten: Sie haben also Antoinette Brehat in Verdacht?«
»Ich verdächtige sie nicht, ich beschuldige sie.«
»Sie beschuldigen sie der Mittäterschaft?«
»Ich beschuldige sie, den General Baron d'Hautrec getötet zu haben!«
»Aber Monsieur! Und der Beweis? ...«
»Diese Handvoll Haare, die ich in der rechten Hand des Opfers fand und sogar in seinem Fleisch, wo sie mit den Fingernägeln eingekrampft waren.«
Er zeigte die Haare, sie waren von hellem Blond, leuchtend wie Goldfäden, und Charles murmelte: »Ja, das sind die Haare von Fräulein Antoinette. Da ist keine Täuschung möglich.«
Und er fügte hinzu: »Und noch eins ... Ich glaube, dass das Messer, das ich nachher nicht wiedersah, ihr gehörte. Sie verwendete es zum Aufschneiden ungeschnittener Bücher.«
Es entstand ein langes und peinliches Schweigen, wie wenn das Verbrechen dadurch noch entsetzlicher würde, dass es von einer Frau begangen worden war.
Der Untersuchungsrichter fuhr in seinen Gedanken fort: »Nehmen wir vorläufig an, der Baron sei von Antoinette Brehat getötet worden. Es bliebe dann noch aufzuklären, welchen Weg sie nehmen konnte, um nach dem Verbrechen zu verschwinden, um nach dem Weggang des Herrn Charles zurückzukehren, und um sich vor der Ankunft

des Kommissars von neuem zu entfernen. Haben Sie darüber eine Mutmaßung, Herr Ganimard?«

»Nein, keine.«

»Also?«

Ganimard schaute verlegen drein. Endlich sagte er nach sichtbarer Anstrengung: »Alles, was ich sagen kann, ist, dass ich hier dasselbe Vorgehen wiederfinde wie bei der Geschichte mit dem Los 514 der Serie 23, dasselbe Phänomen, das man die Fähigkeit sich Unsichtbar zu machen nennen könnte. Antoinette Brehat erscheint und verschwindet in diesem Palais ebenso geheimnisvoll, wie Arsène Lupin bei Detinan eintrat und in Gesellschaft der blonden Dame entkam.«

»Das heißt also ...?«

»Das heißt, dass ich mich nicht des Gedankens an zwei Koinzidenzen erwehren kann, die zumindest seltsam sind: Antoinette Brehat wurde von der Schwester Auguste vor zwölf Tagen engagiert, also an dem Tag, nachdem mir die blonde Dame entkam. Zweitens haben die Haare der blonden Dame die gleiche Farbe und denselben metallischen Glanz wie diese hier.«

»So wäre also nach Ihrer Meinung Antoinette Brehat ...«

»Keine andere als die blonde Dame.«

»Und Lupin hätte folglich beide Verbrechen erdacht?«

»Ich glaube es.«

Da lachte jemand laut auf. Es war der Chef der Sicherheitspolizei, der sich amüsierte.

»Lupin! Immer und immer wieder Lupin! Lupin ist bei allem dabei, Lupin ist überall!«

»Er ist, wo er ist!«, betonte Ganimard ärgerlich.

»Er muss doch aber seinen Grund haben, um irgendwo zu sein«, bemerkte Dudouis, »und in diesem Fall sind für mich die Gründe schleierhaft. Der Schreibtisch ist nicht aufgebrochen, die Brieftasche nicht gestohlen. Sogar das Gold auf dem Tisch blieb liegen.«

»Ja!«, rief Ganimard, »aber der berühmte Diamant?«

»Welcher Diamant?«

»Der blaue Diamant! Der berühmte Diamant, der zu der Königskrone von Frankreich gehörte, und den der Herzog von Ct. der Leonide L. schenkte, und der nach Leonide L.s Tod vom Baron d'Hautrec zum Andenken an die ausgezeichnete Schauspielerin, die er leidenschaftlich liebte, gekauft wurde. Das ist eine von jenen Geschichten, die ein alter Pariser wie ich nicht vergisst.«

»Es ist klar«, sagte der Untersuchungsrichter, »dass sich alles erklärt, wenn der blaue Diamant nicht mehr aufzufinden ist ... Aber wo sollen wir ihn suchen?«

»Am Finger des Herrn Baron«, antwortete Charles. »Den blauen Diamanten nahm er nie von seiner linken Hand.«

»Ich habe bereits nachgesehen«, meinte Ganimard, während er sich dem Opfer näherte, »und wie Sie sich überzeugen können, ist nur ein einfacher Goldring am Ringfinger der linken Hand.«

»Sehen Sie in die Hand hinein«, versetzte der Diener.
Ganimard bog die zusammengekrampften Finger auf. Die Fassung war nach innen gekehrt, und mitten in der Fassung glänzte der blaue Diamant.
»Verdammt!«, murmelte Ganimard höchst perplex, »jetzt begreife ich gar nichts mehr!«
»Und Sie geben es hoffentlich auf, den armen Lupin zu verdächtigen?«, meinte Dudouis spöttisch.
Ganimard überlegte einen Augenblick, dann sagte er bedeutungsvoll: »Gerade, wenn ich nichts mehr begreife, habe ich Arsène Lupin im Verdacht.«
Das waren die ersten Feststellungen, die die Untersuchungskommission am Tag nach dem Verbrechen machte. Vage, unzusammenhängende Feststellungen, in die der weitere Verlauf der Untersuchung weder Zusammenhang noch Gewissheit brachte. Das Kommen und Gehen Antoinette Brehats blieb unerklärlich, ganz so wie das der blonden Dame, und man wusste auch nicht, wer dieses geheimnisvolle Wesen mit den blonden Haaren war, das den Baron d'Hautrec getötet und von seinem Finger *nicht* den fabelhaften Diamanten der französischen Königskrone genommen hatte.
Und mehr als alles andere gab die Neugier, welche das geheimnisvolle Verbrechen entfachte, diesem den Rang einer großen Angelegenheit, über die sich die öffentliche Meinung aufregte.
Die Erben des Barons d’Hautrec hatten nur Vor-

teil von dieser Reklame. Sie veranstalteten in der Avenue Henri-Martin eine Ausstellung von Möbeln und Gegenständen, die nachher im Hotel Drouot verkauft werden sollten. Es waren dies moderne Möbel von mittelmäßigem Geschmack und Gegenstände ohne künstlerischen Wert. Aber inmitten des Raumes, auf einem mit granatfarbenem Samt überzogenen Sockel, schimmerte unter einer Glasplatte, von zwei Agenten überwacht, der Ring mit dem blauen Diamanten. Ein riesiger, prachtvoller Diamant von unvergleichlicher Schönheit und von jener unbestimmten Bläue, wie sich der Himmel im Wasser spiegelt, von jener Bläue, die man in weißer Wäsche mehr ahnt als sieht.

Man bewunderte, man geriet in Ekstase, und betrachtete dabei mit Entsetzen das Zimmer des Opfers, die Stelle, wo der Leichnam gelegen hatte, und den Parkettfußboden, von dem der blutige Teppich entfernt worden war.

Besonders aber staunte man die undurchdringlichen Wände an, durch die die Verbrecherin hindurchgegangen sein musste. Man überzeugte sich, ob der Marmor des Kamins nicht nachgebe, ob im Gesims des Spiegels nicht eine geheime Feder verborgen wäre, mittels deren er sich in seinen Angeln drehen könnte. Man dachte an gähnende Löcher, an Tunnelöffnungen, an Verbindungen mit der Kanalisation oder unterirdischen Katakomben. Der Verkauf des blauen Diamanten fand im Hotel Drouot statt. Die Menge drängte

sich, und das Auktionsfieber steigerte sich zur Raserei.
Anwesend war das ganze Paris der großen Gelegenheitskäufe, alle die, die kaufen wollten – oder glauben machen wollen, dass sie kaufen könnten: Börsianer, Künstler, Damen aus allen Weltgegenden, Minister, ein italienischer Tenor, ein »König im Exil«, der sich, um seinen Kredit zu festigen, den Luxus gestattete, mit großem Pomp und vibrierender Stimme den Preis bis auf 100 000 Franken zu treiben. 100 000 Franken! Er konnte sie bieten, ohne sich zu kompromittieren. Der italienische Tenor riskierte 150 000, ein Sozietär vom »Théatre Français« – 165 000.
Bei 200 000 Franken ging aber den Liebhabern der Mut aus. Bei 250 000 blieben nur noch zwei Bieter: Herschmann, der berühmte Finanzier und Goldminenbesitzer und die Gräfin von Crozon, jene fabelhaft reiche Amerikanerin, deren Sammlung von Diamanten und kostbaren Steinen weltberühmt war.
»260 000 ... 270 000 ... 75 ... 80!«, schrie der Auktionator und betrachtete mit fragenden Blicken die beiden wetteifernden Bieter.
»280 000 für Madame ... Bietet niemand mehr?«
»300 000!«, murmelte Herschmann.
Schweigen. Man beobachtete die Gräfin von Crozon. Stehend, lächelnd, aber von einer Blässe, die ihre Unruhe verriet, stützte sie sich auf die Lehne des vor ihr stehenden Stuhles. Tatsächlich wusste sie, und alle Anwesenden wussten es, dass der

Ausgang des Zweikampfes nicht zweifelhaft sein konnte.
Logisch, notgedrungen, musste er sich zugunsten des Finanziers entscheiden, dessen Launen ein Vermögen von mehr als einer halben Milliarde zu Diensten stand. Dennoch rief sie: »305 000!«
Wieder eine Stille. Man drehte sich nach dem Minenkönig um, in der Erwartung, dass er von neuem überbieten würde.
Es geschah nicht.
Herschmann blieb unbeweglich, seine Augen waren auf ein Blatt Papier geheftet, das er in seiner rechten Hand hielt, während er mit der anderen die Stücke eines zerrissenen Kuverts zusammendrückte.
»305 000!«, sagte der Auktionator. »Zum ersten ... zum zweiten ... noch ist Zeit ... bietet niemand mehr? ... Ich wiederhole zum ersten, zum zweiten ...«
Herschmann rührte sich nicht. Wieder ein Schweigen. Der Hammer fiel.
»400 000!«, schrie plötzlich Herschmann auf, wie wenn das Geräusch des fallenden Hammers ihn aus seiner Betäubung erweckt hätte.
»Zu spät, der Zuschlag ist unwiderruflich.«
Man umdrängte ihn. Was war passiert? Warum hatte er nicht früher gesprochen?
Er begann zu lächeln.
»Was passiert ist? Meine Güte, ich weiß nicht. Ich war eine Minute zerstreut.«
»Ist das möglich?«

»Allerdings, man hatte mir einen Brief übergeben.«
»Und dieser Brief konnte genügen ...?«
»Mich aus der Ruhe zu bringen, jawohl, für einen Moment.«
Ganimard war da. Er hatte der Versteigerung des Ringes beigewohnt. Er näherte sich einem der Diener.
»Sie waren es, nicht wahr, der Herrn Herschmann den Brief übergab?«
»Jawohl, Monsieur.«
»Von wem?«
»Von einer Dame.«
»Wo ist sie?«
»Wo sie ist? ... Da, mein Herr, da hinten, ... jene Dame da mit dem dichten Schleier.«
»Die eben fortgeht?«
»Jawohl.«
Ganimard stürzte auf die Tür zu und sah die Dame gerade noch die Treppe hinuntergehen. Er lief ihr nach. Eine Menschenmenge hielt ihn am Eingang auf.
Draußen fand er sie nicht wieder.
Er kehrte in den Saal zurück, sprach Herschmann an, gab sich als Polizeiinspektor zu erkennen und fragte ihn über den Brief aus. Herschmann gab ihm den Brief. Es war eine dem Finanzier unbekannte Hand, die in Eile mit Bleistift die folgenden Worte hingeworfen hatte: »Der blaue Diamant bringt Unglück, denken Sie an den Baron d'Hautrec.«

***

Die Beunruhigung über den blauen Diamanten war damit nicht zu Ende. Obwohl man schon genug von ihm sprach seit der Ermordung des Barons d'Hautrec und den Vorkommnissen im Hotel Drouot, sollte er ein halbes Jahr später eine noch größere Berühmtheit erlangen. – Denn im folgenden Sommer stahl man der Gräfin von Crozon das kostbare Kleinod, das sie mit so vielen Opfern erstanden hatte.

Wir wollen hier kurz noch einmal die merkwürdige Geschichte zusammenfassen, deren aufregende und dramatische Ereignisse uns alle gepackt haben und über die ich endlich etwas Licht verbreiten kann.

Am Abend des 10. August waren Gäste des Grafen und der Gräfin von Crozon im Salon des prächtigen Schlosses versammelt, das auf einer Anhöhe über der Bucht der Somme liegt. Man machte Musik. Die Gräfin setzte sich ans Piano und legte auf einen kleinen Sessel nahe dem Instrumente ihre Juwelen ab, unter denen sich der Ring des Barons d'Hautrec befand.

Nach einer Stunde zog sich der Graf zurück, ebenso seine beiden Vettern, die d'Andelle und Frau von Real, eine intime Freundin der Gräfin von Crozon. Letztere blieb allein mit Herrn von Bleichen, dem österreichischen Konsul, und seiner Frau.

Sie plauderten noch ein wenig. Dann löschte die Gräfin eine große Lampe aus, die auf dem Salontisch stand. Zufällig löschte in demselben Augenblick von Bleichen die beiden Klavierlampen aus. Es gab einen Augenblick Finsternis und Konfusion, dann zündete der Konsul eine Kerze an, und alle drei suchten ihre Schlafräume auf.
Kaum hatte sich aber die Gräfin zurückgezogen, da erinnerte sie sich an ihre Juwelen und beauftragte ihre Kammerfrau, sie zu holen. Diese kehrte zurück und legte sie auf den Kamin, ohne dass die Herrin sie weiter prüfte. Am folgenden Morgen musste Frau von Crozon erkennen, dass ein Ring fehlte, der Ring mit dem blauen Diamanten. Sie teilte diesen Umstand sofort ihrem Mann mit. Beide waren keinen Augenblick im Zweifel. Die Kammerfrau war über jeden Verdacht erhaben, der Schuldige konnte nur von Bleichen sein. Der Graf benachrichtigte den Zentralkommissar von Amiens, der eine Untersuchung einleitete und diskret den österreichischen Konsul überwachen ließ, damit er weder den Ring verkaufen, noch versenden könnte. Tag und Nacht umgaben Polizeiagenten das Schloss.

***

Zwei Wochen vergehen ohne den geringsten Zwischenfall. Von Bleichen plante seine Abreise. An diesem Tag wurde Klage gegen ihn eingereicht. Der Kommissar schritt offiziell ein und ordnet die

Durchsuchung des Gepäcks an. In einer kleinen Handtasche, deren Schlüssel der Konsul immer bei sich trug, fand man ein Fläschchen mit Seifenpuder; in dem Fläschchen den Ring.
Frau von Bleichen fiel in Ohnmacht. Ihr Mann wurde festgenommen.

***

Man erinnert sich an die Verteidigungsstrategie des Angeklagten. Er könne sich, sagte er, das Vorhandensein des Ringes nur durch einen Racheakt des Herrn von Crozon erklären.
»Der Graf ist brutal und macht seine Frau unglücklich. Ich habe mit ihr eine lange Unterredung gehabt und ihr sehr zur Scheidung geraten. Als der Graf dies erfuhr, hat er aus Rache im Augenblick meiner Abreise den Ring genommen und in mein Reisenecessaire hineingeschmuggelt.«
Der Graf und die Gräfin hielten jedoch energisch ihre Klage aufrecht. Zwischen der Erklärung, die sie abgaben und der des Konsuls – beide Erklärungen waren gleich wahrscheinlich – hatte das Publikum zu wählen. Kein neues Faktum ließ eine von beiden Schalen der Waage sich neigen. Ein Monat lang Klatschereien, Mutmaßungen, Nachforschungen, aber keinerlei Spur von Gewissheit.
Ärgerlich über all das Gerede, und doch ohne die Macht, den evidenten Beweis der Schuld zu er-

bringen, der ihre Anklage gerechtfertigt hätte, ließen Herr und Frau von Crozon von Paris einen Mitarbeiter der Sicherheitspolizei kommen, der fähig wäre, die Fäden des Gespinstes zu entwirren. Man schickte Ganimard.
Vier Tage lang forschte der alte Oberinspektor herum, redete mit allerhand Leuten, ging im Park spazieren, hatte lange Unterredungen mit der Zofe, mit dem Chauffeur, mit den Gärtnern, mit den Beamten der benachbarten Postämter, besichtigte die Zimmer, die das Ehepaar von Bleichen, die Vettern d'Andelle und Frau von Real bewohnt hatten. Darauf verschwand er eines Morgens, ohne sich von seinen Gastgebern zu verabschieden.
Doch eine Woche später erhielten sie folgendes Telegramm:

Bitte Sie, morgen Freitag fünf Uhr nachmittags zum japanischen Teehaus Rue Boissy d'Anglas zu kommen. Ganimard.

***

Punkt fünf Uhr hielt am Freitag das Automobil der Crozons vor der Rue Boissy d'Anglais Nr. 9. Ohne ein Wort der Erklärung führte der alte Inspektor, der sie am Bordstein erwartet hatte, in den ersten Stock des japanischen Teehauses.
Sie fanden in einem der Säle zwei Leute, die Ganimard ihnen vorstellte: »Herr Gerbois – Professor

am Lyzeum von Versailles, dem, wie Sie sich erinnern werden, Arsène Lupin eine halbe Million stahl – Herr Leonie d'Hautrec, Neffe und Universalerbe des Barons d'Hautrec.«

Die vier Personen nahmen Platz. Einige Minuten später kam eine fünfte dazu. Es war der Chef der Sicherheitspolizei. Dudouis schien sehr schlechter Laune. Er grüßte und sagte: »Was ist denn los, Ganimard? Man hat mir auf der Präfektur Ihre telefonische Nachricht übermittelt. Ist etwas Ernstes vorgefallen?«

»Etwas sehr Ernstes, Chef. Bevor eine Stunde vergeht, werden die letzten Fälle, an deren Aufklärung ich mitwirkte, ihre Lösung finden. Ich hielt Ihre Anwesenheit für unerlässlich.«

»Ebenso auch die Anwesenheit Dieuzys und Folenfants, die ich unten nahe der Tür bemerkte?«

»Ja, Monsieur.«

»Und wobei? Handelt es sich um eine Verhaftung? Was für Umstände! Also, Ganimard, lassen Sie hören.«

Ganimard zögerte einige Augenblicke. Dann sagte er langsam und mit der deutlichen Absicht, seine Hörer zu überraschen: »Zunächst versichere ich, dass von Bleichen nichts mit dem Ringdiebstahl zu tun hat.«

»Oh«, sagte Dudouis. »Sie sprechen da ein großes Wort gelassen aus.«

Und der Graf fragte: »Ist das das ganze Resultat Ihrer Bemühungen?«

»Nein, Herr Graf. Am dritten Tag nach dem Diebstahl machten zufälligerweise drei Ihrer Gäste einen Automobilausflug zu dem Marktflecken Crecy. Während zwei von ihnen das berühmte Schlachtfeld besuchten, begab sich der dritte eiligst auf das Postamt und gab ein kleines verschnürtes Schächtelchen, das vorschriftsmäßig versiegelt war, mit der Wertangabe von 100 Francs auf.«

Crozon wandte ein: »Das ist doch nichts Außergewöhnliches.«

»Vielleicht wird es Ihnen doch außergewöhnlich erscheinen, dass der Betreffende, anstatt seinen wahren Namen anzugeben, die Sendung unter dem Namen Rousseau abschickte, und dass der Empfänger, ein in Paris wohnender Herr Belcoux, noch am Abend desselben Tages, an dem er das Schächtelchen, das heißt den Ring, erhielt, seinen Wohnsitz wechselte.«

»Handelt es sich vielleicht«, fragte der Graf, »um einen meiner Vettern d'Andelle?«

»Es handelt sich nicht um diese Herren.«

»Also um Frau von Real?«

»In der Tat.«

Die Gräfin rief verblüfft: »Sie beschuldigen meine Freundin Frau von Real?«

»Eine einfache Gegenfrage, Frau Gräfin«, antwortete Ganimard. »War Frau von Real bei der Versteigerung des blauen Diamanten anwesend?«

»Ja, aber aus eigenem Antrieb. Wir waren nicht zusammen dort.«

»Hatte Sie Ihnen geraten, den Ring zu kaufen?«

Die Gräfin dachte nach.
»Ja, das kann gut sein. Ich glaube sogar sicher, sie hat zuerst davon gesprochen.«
»Ich nehme Ihre Antwort zur Kenntnis, Frau Gräfin. Es steht also fest, dass Frau von Real Ihnen gegenüber zuerst von dem Ring gesprochen hat und Ihnen riet, denselben zu kaufen.«
»Aber ... meine Freundin wäre unfähig ...«
»Pardon, pardon! Frau von Real ist nur eine Bekanntschaft und nicht Ihre intime Freundin, wie es in den Zeitungen gedruckt stand, und dies hatet allen Verdacht gegen sie beseitigt. Ich möchte Ihnen nun beweisen, dass alles, was sie Ihnen über sich, über ihre Vergangenheit, über ihre Beziehungen erzählt hat, absolut falsch ist, dass Frau Blanche de Real, bevor sie Ihnen begegnete, nicht existierte, und dass sie auch zur Stunde nicht mehr existiert.«
»Und weiter?«
»Was weiter?«, fragte Ganimard.
»Ja, diese ganze Geschichte ist sehr merkwürdig; aber was hat sie mit unserer Angelegenheit zu tun? Wenn es wahr ist, dass Frau von Real den Ring genommen hat, was nicht erwiesen ist, warum hat sie ihn denn unter dem Zahnpulver des Herrn von Bleichen verborgen? Ja, um Gottes willen! Wenn man sich die Mühe macht, den blauen Diamanten zu stehlen, dann behält man ihn auch. Was haben Sie darauf zu antworten?«
»Ich nichts, aber Frau von Real soll darauf antworten.«

»Sie existiert also doch?«
»Sie existiert ... und existiert nicht. Die Sache ist nämlich die: Als ich vor drei Wochen die Zeitungen las – ich lese sie täglich – sah ich an der Spitze der Fremdenliste von Trouville 'Hotel Beaurivage: Frau von Real usw.' Sie begreifen, dass ich noch am selben Abend in Trouville war und den Direktor des Hotels ausfragte. Nach der Berichterstattung und nach einigen Details, die ich mir verschafft hatte, war diese Frau von Real die Person, die ich suchte, doch war sie bereits abgereist und hatte als ihre Pariser Adresse Rue du Colisée hinterlassen. Vorgestern habe ich dort vorgesprochen und erfahren, dass keine Frau von Real, sondern einfach eine Dame namens Real daselbst im zweiten Stock wohnte, die das Gewerbe einer Diamantenhändlerin ausübe und oft abwesend sei. Am Tage zuvor sei sie erst von einer Reise zurückgekommen. Gestern habe ich nun an ihrer Tür geklingelt und der Frau Real unter falschem Namen meine Dienste als Zwischenhändler bei solchen Leuten angeboten, die in der Lage wären, wertvolle Steine zu kaufen. Heute haben wir hier für das erste Geschäft ein Treffen vereinbart.«
»Was, Sie erwarten sie?«
»Allerdings, um halb sechs.«
»Und sind sicher ...?«
»Dass es die Frau von Real aus dem Schloss derer von Crozon ist! Ich habe unwiderlegliche Beweise dafür. Doch ... hören Sie ... Folenfants vereinbartes Signal ...«

Ein Pfiff war erklungen, Ganimard erhob sich lebhaft.
»Es ist keine Zeit zu verlieren. Herr und Frau von Crozon, treten Sie bitte in den benachbarten Raum. Sie auch, Herr d'Hautrec, und Sie auch, Herr Gerbois. Die Tür wird offen bleiben, und auf das erste Zeichen hin bitte ich Sie einzutreten. Sie, Monsieur le Chef, bitte ich zu bleiben.«
»Und wenn andere Leute kommen?«, bemerkte Dudouis.
»Nein! Dieses Etablissement hier ist ganz neu, und der Besitzer, der mit mir befreundet ist, wird keine Menschenseele eintreten lassen außer der blonden Dame.«
»Der blonden Dame? Was sagen Sie da?«
»Der blonden Dame in eigener Person, Monsieur le Chef, der Komplizin und Freundin Arsène Lupins, der geheimnisvollen Dame, gegen die ich außerdem, und zwar in Ihrer Gegenwart, die Bekundungen aller derer sammeln will, die sie bestohlen hat.«
Er lehnte sich zum Fenster hinaus.
»Sie kommt, sie betritt das Haus – keine Möglichkeit mehr zu entwischen. Folenfant und Dieuzy bewachen die Tür. Die blonde Dame ist unser, Monsieur le Chef.«
Bald darauf stand auf der Schwelle eine große, schlanke Frau mit sehr bleichem Gesicht und hellblondem Goldhaar. Ganimard war dermaßen aufgeregt, dass er stumm blieb, unfähig, das geringste Wort auszusprechen. Da stand sie ihm gegen-

über, ganz in seiner Gewalt. Welch ein Sieg über Arsène Lupin! Und welche Revanche! Und gleichzeitig schien ihm der Sieg so leicht davongetragen, dass er sich fragte, ob ihm zu guter Letzt die blonde Dame nicht noch durch eines jener Wunder entkommen würde, die man von Arsène Lupin gewohnt war.

Sie wartete, verwundert über sein Schweigen, und schaute sich um, ohne ihre Unruhe zu verbergen.

Sie wird gleich weg sein! Sie wird gleich verschwinden!, dachte Ganimard erschrocken.

Er stellte sich jäh zwischen sie und die Tür. Sie drehte sich um und wollte hinausgehen.

»Aber nein, Madame«, sagte er, »warum wollen Sie sich wieder entfernen?«

»Ja aber, mein Herr, ich begreife nichts von alledem. Lassen Sie mich …«

»Es ist gar kein Grund vorhanden, dass Sie gehen wollen, gnädige Frau; doch es sind sehr viele Gründe, dass Sie bleiben.«

»Ja, aber …«

»Vergebens, Sie werden nicht weggehen!«

Sie ließ sich ganz bleich auf einen Stuhl nieder und stammelte: »Was wollen Sie?«

Ganimard war Sieger. Er hatte die blonde Dame, war Herr über sie.

Endlich sprach er: »Ich stelle Ihnen jetzt den Freund vor, von dem ich sprach, und der gerne Diamanten, kaufen möchte. Haben Sie sich den Stein, den Sie mir versprochen hatten?«

»Nein, nein, ich weiß nicht ... ich erinnere mich nicht.«
»Aber ja ... denken Sie nur gut nach ... Jemand aus Ihrer Bekanntschaft sollte Ihnen ja einen farbigen Diamanten bringen ... So etwas wie den blauen Diamanten, habe ich noch lachend gesagt, und Sie haben geantwortet: ‚Sehr wohl, wir werden vielleicht das Geschäft machen!' Erinnern Sie sich nicht?«
Sie schwieg. Ein kleines Täschchen, das sie in der Hand hatte, fiel zu Boden. Sie hob es rasch auf und drückte es an sich. Ihre Finger zitterten ein wenig.
»Aber nicht doch«, sagte Ganimard. »Ich sehe, Sie haben kein Vertrauen zu uns, Frau von Real; ich werde Ihnen mit gutem Beispiel vorangehen und Ihnen zeigen, was ich besitze.«
Er zog aus seiner Brieftasche ein Papier, das er entfaltete, und hielt ihr ein Büschel Haare hin.
»Hier sehen Sie zunächst einige Haare von Antoinette Brehat, die ihr der Baron ausriss und die der Tote in seiner Hand hielt. Ich habe Fräulein Gerbois besucht. Sie hat mit Bestimmtheit die Farbe als die des Haares der blonden Dame wiedererkannt. Dieselbe Farbe übrigens, die auch Ihr Haar hat, genau dieselbe Farbe.«
Frau von Real sah ihn so an, als begriffe sie tatsächlich nicht den Sinn seiner Worte.
»Und jetzt hier zwei Parfümfläschchen, die zwar ohne Etikette und leer sind, die aber noch stark genug duften, so dass Fräulein Gerbois heute früh

das Parfüm jener blonden Dame erkennen konnte, die zwei Wochen lang ihre Reisebegleiterin war. Nun stammt eines dieser Fläschchen aus dem Zimmer, das Frau von Real im Schloss von Crozon innehatte, und das andere aus dem Zimmer, das sie im Hotel Beaurivage bewohnte.«

»Was reden Sie da von einer blonden Dame und vom Schloss Crozon?«

Ohne zu antworten, breitete der Inspektor auf dem Tisch vier Briefbogen aus.

»Kurz und gut«, sagte er. »Hier sind jene vier Bogen, eine Probe von der Schrift von Antoinette Brehat, eine andere von der Dame, die an Herschmann bei der Versteigerung des blauen Diamanten schrieb, eine andere von Frau von Real gelegentlich ihres Aufenthaltes in Crozon und die vierte von ... Ihnen selbst, gnädige Frau. Das hier ist Ihr Name und Ihre Adresse, die Sie dem Portier des Hotels Beaurivage in Trouville übergaben. Vergleichen Sie nun die vier Handschriften – sie sind identisch.«

»Aber Sie sind ja verrückt, mein Herr! Sie sind verrückt! Was bedeutet das alles?«

»Das bedeutet, gnädige Frau«, rief Ganimard in großer Erregung, »dass die blonde Dame, die Freundin und Komplizin Arsène Lupins, niemand anderes als Sie ist!«

Er stieß die Tür des benachbarten Salons auf, stürzte auf Gerbois zu, packte ihn an den Schultern, so dass er Frau Real gegenüberstand.

»Herr Gerbois, erkennen Sie die Person wieder,

die Ihre Tochter entführte und die Sie bei Detinan sahen?«

»Nein.«

Das war wie ein Schlag, der alle traf. Ganimard wankte.

»Nein? Unmöglich! So überlegen Sie doch!«

»Ich überlege ganz genau ... die gnädige Frau ist blond wie die blonde Dame, blass wie sie, aber sie ähnelt ihr gar nicht.«

»Ich kann das nicht glauben, ein solcher Irrtum ist unmöglich, Herr d'Hautrec, Sie erkennen doch Antoinette Brehat wieder?«

»Ich habe Antoinette Brehat bei meinem Onkel gesehen ... sie ist es nicht!«

»Und die Dame ist auch nicht Frau von Real«, bestätigte Graf Crozon.

Das war der Gnadenstoß. Ganimard rührte sich nicht mehr. Er stand da – gesenkten Hauptes und mit hilflos suchenden Augen. Von allen seinen Kombinationen blieb nichts bestehen. Das Gebäude stürzte zusammen.

Dudouis erhob sich.

»Sie werden entschuldigen, gnädige Frau, es liegt hier eine bedauerliche Verwechslung vor, die ich Sie zu vergessen bitte. Was ich aber nicht recht verstehe, ist Ihre Unruhe ... Ihr seltsames Verhalten, seitdem Sie hier sind.«

»Du lieber Gott, Monsieur, ich hatte Angst. Es sind für mehr als 100 000 Francs Juwelen in meiner Tasche, und das Benehmen Ihres Freundes war keineswegs vertrauenerweckend.«

»Und Ihre beständigen Abwesenheiten?«
»Nun, mein Beruf macht sie erforderlich.«
Dudouis hatte nichts zu erwidern. Er wandte sich an seine Untergebenen: »Sie haben Ihre Informationen mit bedauernswerter Leichtigkeit eingeholt, Ganimard, und haben sich soeben noch höchst ungeschickt der gnädigen Frau gegenüber benommen. Sie werden in mein Büro kommen und mir Aufklärung darüber geben.«
Die Zusammenkunft war beendet, und der Chef der Sicherheitspolizei schickte sich eben an, fortzugehen, als sich etwas höchst Seltsames zutrug. Frau von Real ging auf den Inspektor zu und sagte: »Ich höre soeben, dass Sie Ganimard heißen, mein Herr, oder täusche ich mich?«
»Nein.«
»Dann muss dieser Brief hier für Sie bestimmt sein; ich habe ihn heute Morgen hier unter der Adresse: 'An Herrn Justin Ganimard, wohnhaft bei Frau Real' erhalten. Ich habe zuerst geglaubt, es wäre ein Scherz, da ich Sie nicht unter diesem Namen kannte, doch wusste der unbekannte Schreiber wahrscheinlich um unser Rendezvous.«
Justin Ganimard war nahe daran, den Brief zu nehmen und ihn zu zerreißen. Er wagte es aber nicht vor seinem Vorgesetzten und öffnete das Kuvert. Der Brief hatte folgenden Inhalt, und Ganimard las ihn mit schwerer Stimme vor:
»Es waren einmal eine blonde Dame, ein Lupin und ein Ganimard. Nun wollte der böse Ganimard der hübschen blonden Dame ein Leid antun, und der

gute Lupin wollte es nicht. Daher sorgte der gute Lupin, weil er wünschte, die blonde Dame sollte sich mit der Gräfin Crozon befreunden, dafür, dass sie den Namen Frau von Real annahm, welches der Name oder beinahe der Name, einer ehrbaren Geschäftsfrau ist, die auch goldenes Haar und ein bleiches Gesicht besitzt. Und der gute Lupin sagte sich: Sollte je der böse Ganimard der blonden Dame nachstellen, dann wird es mir sehr nützlich sein, ihn auf eine falsche Spur, nämlich auf die der ehrbaren Geschäftsfrau, zu lenken.
Eine weise Vorsicht, die nun ihre Früchte trägt. Eine kleine Notiz, die an die Zeitung des bösen Ganimard gesandt wurde, ein Riechfläschchen, das freiwillig die echte blonde Dame im Hotel Beaurivage vergaß, der Name und die Adresse der Frau Real, die die echte blonde Dame in die Fremdenliste des Hotels eintrug – so war der Streich gespielt. Was sagen Sie dazu, Ganimard? Ich wollte Ihnen haarklein über das Abenteuer berichten, weil ich weiß, dass Sie bei Ihrem Geist der Erste sein würden, der darüber lachen würde. Es ist auch tatsächlich amüsant, und ich gestehe, dass ich für meinen Teil mich närrisch darüber gefreut habe.
Haben Sie also Dank, lieber Freund, und empfehlen Sie mich bitte dem trefflichen Herrn Dudouis.
Mit vorzüglicher Hochachtung!
Arsène Lupin.«
»Ja, er durchschaut aber auch alles!«, seufzte Ganimard, dem es gar nicht zum Lachen zumute war. »Er weiß Dinge, die ich niemandem gesagt

habe! Wie konnte er wissen, dass ich Sie bitten würde, zu kommen? Wie konnte er von meiner Entdeckung des ersten Parfümfläschchens wissen? Wie konnte er das wissen …?«

Er stampfte auf und raufte sich die Haare voll tragischer Verzweiflung.

Dudouis hatte Mitleid mit ihm. »Na, Ganimard, trösten Sie sich nur. Man muss halt versuchen, es das nächste Mal besser zu machen.«

Und der Chef der Sicherheitspolizei entfernte sich in Begleitung der Frau Real.

***

Zehn Minuten vergingen. Ganimard las Lupins Brief immer wieder. In einer Ecke unterhielten sich lebhaft Herr und Frau von Crozon, der Baron d'Hautrec und Gerbois.

Schließlich sagte der Graf zum Inspektor: »Aus alledem folgt, lieber Herr Inspektor, dass wir ebenso klug sind wie zuvor.«

»Pardon! Meine Untersuchung hat festgestellt, dass die blonde Dame unbestreitbar die Protagonistin der genannten Verbrechen ist, und dass Lupin sie leitet. Das ist ein enormer Fortschritt.«

»Aber das nützt uns gar nichts. Die Angelegenheit ist nun vielleicht sogar noch mysteriöser. Die blonde Dame tötet, um den blauen Diamanten zu stehle – und stiehlt ihn nicht. Sie stiehlt ihn – und tut es, um sich seiner zum Nutzen eines Anderen zu entledigen …«

»Ich kann in dieser verworrenen Angelegenheit zu keinen Ergebnissen kommen.«
»Gewiss, aber jemand anders könnte es vielleicht.«
»Wen meinen Sie?«
Der Graf zögerte, aber die Gräfin ergriff das Wort und sagte frei heraus: »Es gibt einen Mann, einen einzigen außer Ihnen, der nach meiner Meinung imstande wäre, es mit Lupin aufzunehmen und ihn zu besiegen. Herr Ganimard, wäre es Ihnen unangenehm, wenn wir die Hilfe des Engländers Sherlock Holmes in Anspruch nähmen?«
Ganimard war fassungslos.
»Nein, doch ... bloß ... ich verstehe nicht ...«
»Sehr einfach. All diese Geheimnisse machen mich nervös. Ich will klar sehen, Herr Gerbois und Herr d'Hautrec haben denselben Wunsch, und wir haben uns darauf geeinigt, uns an den berühmten englischen Detektiv zu wenden.«
»Sie haben recht, Frau Gräfin«, sagte der Inspektor schließlich mit einer Ehrlichkeit, die Anerkennung verdiente, »Sie haben recht. Der alte Ganimard ist nicht imstande, gegen Arsène Lupin anzukämpfen. Wird es Sherlock Holmes glücken? Ich wünsche es, denn ich habe vor ihm die allergrößte Hochachtung. Allerdings ist es wenig wahrscheinlich.«
»Es ist wenig wahrscheinlich, dass er es zuwege bringt?«
»Das ist meine Meinung. Ich glaube, ein Zweikampf zwischen Sherlock Holmes und Arsène Lu-

pin ist eine von vornherein unzweifelhafte Sache. Der Engländer wird geschlagen werden.«

»Kann er auf alle Fälle auf Sie rechnen?«

»Durchaus, Frau Gräfin. Meine Hilfe steht ihm bedingungslos zur Verfügung.«

»Sie kennen seine Adresse?«

»Ja, sicher, London, Baker Street 221B.«

Am selben Abend noch zogen Herr und Frau von Crozon ihre Klage gegen Herrn von Bleichen zurück, und man richtete einen gemeinschaftlichen Brief an Sherlock Holmes.

Die Nummer 514 der Serie 23

Am 8. Dezember des vorangegangenen Jahres stöberte Gerbois, Mathematikprofessor am Lyzeum von Versailles, unter dem Gerümpel einer Alt-Möbelwarenhandlung einen kleinen Sekretär aus Akazienholz auf, der ihm wegen der vielen sorgfältig gearbeiteten Schubladen sehr gefiel. *Aha, das ist es ja, was ich zu Susannes Namenstag brauche,* dachte er.

Und da er trotz seiner bescheidenen Mittel seiner Tochter eine Freude machen wollte, wurde er handelseinig über den Preis und bezahlte die Summe von 75 Francs.

In dem Augenblick, als er dem Händler seine Adresse gab, bemerkte ein eleganter junger Mann, der schon lange nach rechts und links herumspähte, das Möbelstück und fragte: »Was kostet das gute Stück?«

»Ist bereits verkauft«, versetzte der Händler.

»Oh! ... An den Herrn hier vielleicht?«

Gerbois grüßte und zog sich um so glücklicher zurück, als er das Möbelstück, das auch ein anderer begehrte, erstanden hatte.

Aber er war noch keine zehn Schritte über die Straße gegangen, als der junge Mann ihn einholte und, mit dem Hut in der Hand, sehr höflich zu ihm sprach: »Ich bitte Sie vielmals um Verzeihung, mein Herr. Aber ich muss eine indiskret erscheinende Frage an Sie richten: Hatten Sie besondere Absichten beim Erwerb dieses Sekretärs?«

»Aber nein, Monsieur. Ich wollte eigentlich als Gelegenheitskauf eine Waage für gewisse physikalische Experimente erstehen und habe ihn dabei zufällig gesehen.«
»Folglich legen Sie also keinen großen Wert darauf?«
»Doch! Ich lege Wert darauf.«
»Weil der Sekretär alt ist, vielleicht?«
»Weil er bequem ist.«
»In diesem Falle wären Sie vielleicht damit einverstanden, ihn gegen einen ebenso bequemen, aber besser erhaltenen umzutauschen?«
»Oh, der hier ist in ganz gutem Zustand, und ein Umtausch scheint mir völlig unnötig.«
»Dennoch wäre mir sehr daran gelegen ...«
Gerbois war ein leicht reizbarer Mann von mürrischem Charakter. Er antwortete trocken: »Ich bitte Sie, mein Herr, bedrängen Sie mich nicht!«
Der Unbekannte stellte sich vor ihn. »Ich weiß nicht, welchen Preis Sie gezahlt haben, mein Herr, aber ich biete Ihnen das Doppelte.«
»Nein.«
»Das Dreifache?«
»Ach, lassen wir das«, rief ungeduldig der Professor. »Was mir gehört, ist nicht verkäuflich.«
Der junge Mann fixierte ihn mit einem Blick, den Gerbois nicht so bald vergessen sollte. Darauf drehte er sich wortlos um und entfernte sich.
Eine Stunde darauf brachte man das Möbelstück in das Häuschen, das der Professor an der Straße nach Viroflay bewohnte.

Er rief seine Tochter: »Das ist für dich, Susanne, wenn es dir gefällt.«
Susanne war ein hübsches, frohes und glückliches Geschöpf. Sie warf sich dem Vater an den Hals und umarmte ihn so freudig, als wenn er ihr ein königliches Geschenk gemacht hätte.
Noch an demselben Abend, nachdem sie mithilfe von Hortense, dem Dienstmädchen, den Sekretär in ihr Zimmer gestellt hatte, säuberte sie die Schubladen, räumte sorgfältig ihre Papiere, ihre Briefkartons, ihre Korrespondenz, ihre Postkartensammlung und einige heimliche Andenken hinein, die sie zu Ehren ihres Vetters Philipp aufbewahrte.
Am folgenden Tag um halb acht begab sich Gerbois ins Lyzeum. Um zehn Uhr erwartete ihn Susanne, wie sie es täglich gewohnt war, am Ausgang, und er war sehr erfreut, als er der Lehranstalt gegenüber auf der andern Seite der Straße ihre graziöse Gestalt und ihr kindliches Lächeln bemerkte. Sie gingen zusammen heim.
»Und dein Sekretär?«
»Ein wahres Wunder! Hortense und ich haben die Kupferbeschläge geputzt; sie glänzen wie Gold.«
»Dann bist du also zufrieden damit?«
»Ob ich zufrieden bin! Ich begreife gar nicht, wie ich bis jetzt ohne ihn auskommen konnte!«
Sie liefen durch den Garten, der vor dem Haus lag. Gerbois machte einen Vorschlag: »Wir könnten ihn vor dem Essen noch einmal gemeinsam anschauen.«

»Ach ja, das ist eine gute Idee.«
Sie stieg zuerst die Treppe hinauf. Doch kaum war sie an die Schwelle des Zimmers gelangt, da schrie sie vor Schrecken auf.
»Um Gottes willen, was ist passiert?«, stammelte Gerbois.
Er betrat dann ebenfalls das Zimmer. Der Sekretär war nicht mehr da.

***

Was den Untersuchungsrichter besonders wunderte, war die Einfachheit der angewandten Mittel.
In Susannes Abwesenheit, und während das Dienstmädchen die Einkäufe besorgte, hatte ein Dienstmann, dessen Kittel mit einer Firmenaufschrift versehen war, mit seinem Karren vor dem Garten gehalten und zweimal geläutet. Die Nachbarn, die nicht wussten, dass das Dienstmädchen ausgegangen war, schöpften keinerlei Verdacht, so dass der Mensch in absoluter Ruhe seiner Tätigkeit nachgehen konnte.
Besondere Merkmale: kein Schrank war aufgebrochen, keine Uhr von ihrer Stelle gerückt. Ja, sogar Susannes Portemonnaie, das sie auf der Marmorplatte des Sekretärs liegengelassen hatte, wurde auf einem Tisch in der Nähe mit den darin befindlichen Goldstücken vorgefunden. Es war also klar, dass man es von vornherein nur auf dieses Möbelstück abgesehen hatte, und das machte

den Diebstahl um so unerklärlicher, denn wie konnte man sich um so geringer Beute willen in solche Gefahr begeben?
Die einzige Angabe, die der Professor machen konnte, war der Vorfall am vergangenen Tag: »Der junge Mann zeigte sofort bei meiner Weigerung einen lebhaften Unwillen, und ich hatte den ganz bestimmten Eindruck, dass er mich mit drohendem Blick verließ.«
Das war sehr allgemein. Man fragte den Händler. Der kannte jedoch weder den einen noch den anderen der beiden Herren. Was den Gegenstand selbst betraf, so hatte er ihn in Chevreuse gelegentlich eines Verkaufes aus Anlass einer Erbschaftsregulierung für 40 Francs erstanden und war zuversichtlich gewesen, ihn für seinen wahren Wert weiterverkauft zu haben. Der weitere Verlauf der Untersuchung lieferte keine anderen Aufklärungen.
Doch der durchaus scharfsinnige Gerbois war überzeugt, dass er einen enormen Schaden erlitten hätte. Ein Vermögen konnte in dem doppelten Boden einer Schublade verborgen sein, und dies war auch nach seiner Meinung der Grund, warum der junge Mann, der das Geheimfach kannte, mit solcher Entschiedenheit gehandelt hatte.
»Armer Vater, was hätten wir mit diesem Vermögen gemacht!«, sagte Susanne immer wieder.
»Was? Mit einer solchen Mitgift hättest du auf die besten Partien hoffen können.«
Susanne, die ihre Ansprüche auf den Vetter Phi-

lipp beschränkte, der allerdings eine armselige Partie war, seufzte bitter. Und in dem kleinen Häuschen in Versailles lebte man seitdem weniger froh, weniger sorglos weiter, das Herz umdüstert von Kummer und Enttäuschung.
Zwei Monate vergingen. Und plötzlich folgten Schlag auf Schlag die ernstesten Ereignisse, eine unvorhergesehene Reihe von unglücklichen Begebenheiten und Katastrophen.
Am 1. Februar um halb sechs war Gerbois eben heimgekehrt mit einem Abendblatt in der Hand. Er nahm Platz, setzte seine Brille auf und begann zu lesen. Die Politik interessierte ihn nicht, er überschlug die erste Seite. Da fiel ihm ein Artikel ins Auge mit der Aufschrift:

Dritte Ziehung der Lotterie der Pressevereinigungen. Nummer 514, Serie 23, gewinnt eine Million.

Die Zeitung entglitt seinen Fingern. Die Wände wankten vor seinen Augen, sein Herz hörte auf zu schlagen. Die Nummer 514 der Serie 23 war seine Losnummer! Er hatte sie zufällig gekauft, bloß um einem Freund einen Dienst zu erweisen, denn er glaubte nicht an die Gunst des Schicksals.
Und nun hatte er gewonnen!
Schnell zog er sein Notizbuch hervor. Nummer 514, Serie 23, stand auf der ersten Seite geschrieben.
Aber das Los?
Er stürzte in sein Arbeitszimmer, um den Karton

mit Briefkuverts zu suchen, zwischen denen er das kostbare Los versteckt hatte.
Aber, kaum eingetreten, machte er jäh halt und erzitterte, während das Herz sich zusammenkrampfte. Der Karton mit den Briefkuverts war nicht mehr da, und, oh Schreck, es wurde ihm klar, dass er schon seit Wochen nicht mehr vorhanden war. Seit Wochen schon hatte er ihn nicht mehr vor sich in den Stunden, wo er die schriftlichen Arbeiten seiner Schüler korrigierte.
Ein Geräusch auf dem Kiesweg des Gartens ... er rief: »Susanne, Susanne!«
Sie kam eiligst herbei. Sie stürzte die Treppe herauf. Er stammelte mit erstickter Stimme: »Susanne ... die Schachtel ... die Schachtel mit den Briefkuverts?«
»Welche?«
»Die aus dem Louvre! Die ich an einem Donnerstag mitgebracht hatte, und die dort hinten auf dem Tisch lag.«
»Aber erinnere dich doch, Vater, wir haben sie ja zusammen eingeräumt.«
»Wann?«
»Am Abend ... du weißt ja ... am Abend vor dem Tag ...«
»Wo eingeräumt? ... Antworte doch ... Du bringst mich ja um ...«
»Wo? ... In den Sekretär ... «
»In den gestohlenen Sekretär?«
»Ja.«
»In den gestohlenen Sekretär?«

Er wiederholte diese Worte ganz leise, bebend vor Angst. Darauf ergriff er ihre Hand und sagte in noch leiserem Ton: »Es war eine Million darin, liebe Tochter ...«

»Ach, Vater, warum hast du mir das nicht gleich gesagt?«, murmelte sie naiv.

»Eine Million!«, versetzte er. »Es war die Gewinnnummer der Presselose.«

Die Ungeheuerlichkeit des Unglücks zerschmetterte beide, und lange bewahrten sie ein Schweigen, das zu brechen keiner den Mut hatte.

Endlich sprach Susanne: »Aber Vater, man wird es dir trotzdem auszahlen.«

»Weshalb? Auf welche Beweise hin?«

»Braucht es denn Beweise?«

»Das will ich meinen.«

»Und du hast keine?«

»Doch, ich hatte einen.«

»Nämlich?«

»Er befand sich in dem Karton.«

»In der Schachtel, die verschwunden ist?«

»Ja. Und der Andere wird deshalb nun das Geld erhalten.«

»Aber das wäre ja entsetzlich! Schau, Vater, dagegen kannst du doch Einspruch erheben?«

»Weiß man's denn! Weiß man's denn! Der Gauner scheint so gewitzt zu sein, er verfügt über solche Möglichkeiten! Erinnere dich nur an die Geschichte mit dem Möbelpacker.«

Doch plötzlich erhob er sich voller Energie und stampfte mit dem Fuß auf den Boden.

»Aber nein, nein, er soll sie nicht haben, die Million, er soll sie nicht haben! Warum sollte er auch? Mag er noch so geschickt sein, er kann auch nichts machen. Wenn er das Los präsentiert, steckt man ihn einfach ins Gefängnis! Oh, wir wollen schon sehen, mein Lieber!«
»Du weißt also einen Ausweg, Vater?«
»Ich will unsere Rechte bis zum Äußersten verteidigen, was auch kommen möge! Und es muss uns glücken! Die Million gehört mir, ich werde sie bekommen.«
Einige Minuten später sandte er folgende Depesche ab:

Geschäftsleitung Crédit Foncier. Rue Capucines, Paris.
Bin Besitzer von Los Nr. 514, Serie 23; erhebe mit allen gesetzlichen Mitteln Einspruch gegen jeden fremden Anspruch.
Gerbois.

Fast zur selben Zeit gelangte an den Crédit Foncier ein zweites Telegramm:

Nr. 514, Serie 23, ist in meinem Besitz.
Arsène Lupin.

Jedes Mal, wenn ich eines der unzähligen Abenteuer erzählen will, aus denen das Leben Arsène Lupins besteht, gerate ich tatsächlich in Verwirrung, so sehr scheint mir jedes dieser Abenteuer meinen Lesern bekannt zu sein. Und wirklich, es gibt keine Geste unseres »Nationaldiebes«, wie man ihn so hübsch genannt hat, die nicht mit tönenden Phrasen der Welt bekanntgegeben wurde, keine Tat, die man nicht unter allen möglichen Gesichtspunkten studiert hätte, keine Handlung, die nicht durch eine Fülle von Details kommentiert worden wäre, wie man sie sich gewöhnlich für den Bericht über Heldentaten aufspart.

Wer kennt z. B. nicht die seltsame Geschichte von der 'blonden Dame', mit den ganzen merkwürdigen Einzelheiten, die die Reporter in fetten Druckbuchstaben unter dem Titel »Nr. 514, Serie 23, das Verbrechen in der Avenue Henri-Martin ... Der blaue Diamant« berichten ... Welches Aufsehen machte die Intervention des berühmten englischen Detektivs Sherlock Holmes! Welche Aufregung nach jedem der Höhepunkte, die den Kampf der beiden großen Künstler kennzeichneten! Und was für einen Heidenlärm gab es auf den Boulevards an dem Tag, wo die Zeitungsjungen ihr »Arsène Lupin verhaftet!« ausriefen.

Meine Entschuldigung ist, dass ich Neues zu berichten habe: Ich bringe des Rätsels Lösung. Es blieb immer noch ein gewisses Dunkel über diese Abenteuer gebreitet; ich lichte es nun. Ich reproduziere bereits gelesene und abermals gelesene Artikel, ich schreibe alte Interviews ab. Aber das alles bringe ich in ein System. Ich klassifiziere es und unterwerfe es einer exakten Kritik. Mein Mitarbeiter ist Arsène Lupin, der von unendlicher

Gefälligkeit mir gegenüber ist, und dies ist auch der Fall mit Wilson, dem Freund und Vertrauten von Mister Holmes.
Man erinnert sich des ungeheuren Gelächters, das die Veröffentlichung der doppelten Depesche begleitete. Der bloße Name Arsène Lupin bürgte für etwas Außerordentliches, war gewissermaßen ein Appetithappen auf das Vergnügen, das Geschehen aus der Theatergalerie betrachten zu können. Und diese Galerie war die ganze Welt.
Nachforschungen, die bald der Crédit Foncier anstellte, ergaben, dass Nr. 514, Serie 23, durch einen Zwischenhändler des Crédit Lyonnais in der Filiale Versailles dem Kommandeur der Artillerie, Bessy, ausgehändigt worden war. Nun war der Kommandeur durch einen Sturz vom Pferd ums Leben gekommen. Man wusste von Kameraden, die er einige Zeit vor seinem Tod ins Vertrauen gezogen hatte, dass er sein Los einem Freund weitergegeben hatte.
»Dieser Freund bin ich«, versicherte Gerbois.
»Beweisen Sie es«, wandte der Leiter des Crédit Foncier ein.
»Beweisen soll ich es? Sehr einfach. Mindestens zwanzig Personen werden Ihnen bestätigen, dass ich zu dem Kommandeur in langjährigen Beziehungen stand, und dass wir uns immer im Café auf der Place d'Armes trafen. Dort habe ich ihm eines Tages, um ihm aus einer Verlegenheit zu helfen, sein Los für den Betrag von zwanzig Francs abgekauft.«

»Sie haben Zeugen für dieses Geschäft?«
»Nein.«
»Worauf gründen Sie also Ihren Einspruch?«
»Auf den darauf bezüglichen Brief, den er mir geschrieben hat.«
»Was für einen Brief?«
»Einen Brief, der mittels einer Stecknadel an das Los geheftet war.«
»Zeigen Sie ihn.«
»Aber er befand sich ja auch in dem gestohlenen Sekretär ...«
»Dann versuchen Sie ihn wiederzubekommen.«
Arsène Lupin seinerseits legte den Brief vor. Eine Notiz, die im »Echo de France« inseriert war – das »Echo de France« nämlich hat die Ehre, sein Hausorgan zu sein, und er selbst ist scheinbar einer seiner Hauptaktionäre – eine Notiz also zeigte an, dass Arsène Lupin den Brief, den der Kommandeur Bessy ihm geschrieben hatte, ihm höchstpersönlich, seinem Advokaten, dem ehrenwerten Herrn Detinan, aushändigen würde.
Das gab einen wahren Freudentaumel: Arsène Lupin nahm sich einen Rechtsanwalt! Arsène Lupin, voller Achtung vor den bestehenden Gesetzen, bestellte zu seinem Vertreter ein Mitglied der Anwaltskammer! Die gesamte Presse stürzte sich auf Detinan, einen einflussreichen radikalen Deputierten, einen Mann von höchster Rechtschaffenheit und zugleich einen Feingeist, der ein wenig als Skeptiker und zu paradoxen Aussagen geneigt galt.

Detinan hatte niemals das Vergnügen gehabt, Arsène Lupin persönlich kennenzulernen. Er bedauerte das lebhaft. Aber er hatte von ihm tatsächlich soeben Informationen erhalten und, sehr erfreut über die ihm zuteil gewordene Ehre, gedachte er, wirksam die Rechte seines Klienten zu verteidigen. Er öffnete also das ihm erst soeben zugestellte Aktenbündel und holte unverzüglich den Brief des Kommandeurs heraus. Dieser Brief bewies wohl die Weitergabe des Loses, offenbarte aber den Namen des neuen Erwerbers nicht. 'Mein lieber Freund ...' hieß es einfach darin. 'Der liebe Freund, das bin ich nämlich ich', fügte Arsène Lupin in einer Note an den Rand des Briefes des Kommandeurs bei. 'Und der beste Beweis ist, dass ich den Brief besitze.'

Der Schwarm der Reporter stürzte sich sofort auf Gerbois, der nur wiederholen konnte: »'Mein lieber Freund' ist kein anderer als ich. Arsène Lupin hat den Brief des Kommandeurs zusammen mit dem Lotterielos gestohlen.«

»Er beweise es«, entgegnete Lupin den Journalisten.

»Wenn er es doch aber ist, der den Sekretär gestohlen hat!«, schrie Gerbois dieselben Journalisten an. »Lupin ist bekanntermaßen ein Dieb und der Sekretär wurde gestohlen.«

Und Lupin erwiderte: »Er beweise es.«

Dieses öffentliche Duell zwischen den beiden vorgeblichen Besitzern der Nr. 514 – Serie 23, mit seinem Kommen und Gehen von Reportern, mit

dem kaltblütigen Lupin gegenüber der Raserei des armen Gerbois, war ein entzückendes Schauspiel.
Der Unglückliche! Die Presse war voll von seinen Klagen. Er vertraute jedermann sein Unglück mit rührender Naivität an: »Begreifen Sie doch, meine Herren, es ist ja Susannes Mitgift, die dieser Lump mir gestohlen hat. Ich für meine Person mache mir nichts daraus, aber Susannes wegen. Bedenken Sie nur – eine Million! Zehnmal hunderttausend Franken! Ach, ich wusste es wohl, dass in dem Sekretär ein Schatz enthalten war.«
Mochte man ihm auch noch so oft entgegenhalten, dass der Gegner, als er das Möbelstück wegnahm, nichts von dem Vorhandensein des Lotterieloses wusste, und dass überhaupt niemand voraussehen konnte, dass das große Los darauf fallen würde, er seufzte dennoch: »Nicht doch, er wusste es! ... Warum würde er sich sonst die Mühe gemacht haben, das elende Möbelstück zu entwenden?«
»Aus unbekannten Gründen vielleicht, aber sicherlich nicht, um sich in den Besitz eines elenden Papierfetzens zu setzen, der zu diesem Zeitpunkt bestenfalls die eingesetzte Summe von zwanzig Francs wert war.«
»Eine Million! Er wusste es – er weiß alles! Ach, Sie kennen ihn schlecht, den Banditen! ... Ja, hätte er Sie ebenfalls um eine Million betrogen ...«
Dieser Dialog hätte noch wer weiß wie lange fortgesetzt werden können. Aber am zwölften Tag er-

hielt Gerbois von Arsène Lupin ein Schreiben, das die Aufschrift »Vertraulich« trug. Er las es mit wachsender Ungeduld:

Monsieur! Die Zuschauer amüsieren sich auf unsere Kosten. Halten Sie nicht auch den Augenblick für vernünftige Maßnahmen gekommen? Ich für meinen Teil bin fest dazu entschlossen. Die Situation ist klar. Ich besitze ein Los, bei dem ich nicht das Recht habe, es einzulösen, und Sie haben das Recht, ein Los einzulösen, das Sie nicht besitzen. Sie werden nun ebenso wenig gewillt sein, mir Ihr Recht abzutreten, als ich gewillt bin, Ihnen mein Los abzutreten. Was also tun? Ich sehe nur einen Ausweg: Teilen wir: Eine halbe Million für Sie, eine halbe für mich. Ist das nicht billig? Und befriedigt dieses salomonische Urteil nicht das Gerechtigkeitsgefühl, das in jedem von uns vorhanden ist? Eine gerechte, und sofortige Lösung. Es handelt sich nicht etwa um ein Angebot, über das lange und breit zu diskutieren wäre, sondern um eine Notwendigkeit, vor der sich zu beugen Sie durch die Umstände gezwungen werden. Ich gebe Ihnen drei Tage Bedenkzeit. Freitag früh hoffe ich unter den Kleinanzeigen des »Echo de France« eine diskrete, an Ars. Lup. *gerichtete Notiz zu lesen, die in verblümten Worten Ihre Zustimmung zu dem einfachen Pakt enthält, den ich Ihnen vorschlage. Sie werden auf diese Weise unverzüglich in den Besitz des Loses gelangen und die Million erhalten, von der Sie mir 500 000 Francs auf noch näher zu be-*

zeichnendem Wege zukommen lassen werden. Sollten Sie sich weigern, so habe ich dafür gesorgt, dass das Resultat dasselbe sein wird. Doch außer den ernsten Unannehmlichkeiten, die Ihnen solche Halsstarrigkeit bereiten würde, müssten Sie sich dann noch einen Abzug von 25 000 Francs gefallen lassen, für die dadurch entstehenden Mehrkosten. Gestatten Sie mir, mein Herr, den Ausdruck meiner vorzüglichen Hochachtung.
Arsène Lupin.

In seiner Wut beging Gerbois den großen Fehler, diesen Brief herumzuzeigen und abschreiben zu lassen. Seine Empörung verleitete ihn zu allerlei Dummheiten.
»Nichts, gar nichts soll er bekommen!«, rief er rot angelaufen den versammelten Reportern zu. »Teilen, was mir gehört? Niemals! Mag er das Los zerreißen, wenn er will!«
»Aber«, erwiderte man ihm, »500 000 Francs sind immerhin besser als nichts.«
»Nicht darum handelt es sich, sondern um sein Recht. Und ich werde dieses Recht vor Gericht zu begründen wissen.«
»Sie wollen Arsène Lupin verklagen? Das wäre doch ein Witz.«
»Nein, nicht ihn, sondern den Crédit Foncier. Der muss mir die Million aushändigen.«
»Ja, gegen das Los oder mindestens auf den Beweis hin, das Sie der rechtmäßige Besitzer sind.«
»Dieser Beweis existiert, denn Arsène Lupin hat

zugegeben, dass er dem Sekretär gestohlen hat und das Los deshalb nicht einlösen kann.«

»Wird Arsène Lupins Wort den Gerichten genügen?«

»Das werden wir sehen, ich lasse mich von einer Klage nicht abhalten.«

Die Zuschauer auf den billigen Plätzen trampelte vor Vergnügen. Wetten wurden geschlossen. Die einen behaupteten, dass Lupin den Gerbois unterkriegen würde, die anderen, dass Gerbois es bei den bloßen Drohungen würde bewenden lassen. Und man war in beständiger Sorge, so ungleich waren die Kräfte der beiden Gegner; der eine ein rücksichtsloser Draufgänger, der andere scheu wie ein gehetztes Wild.

Am Freitag riss man sich um das »Echo de France«; man suchte fieberhaft auf der fünften Seite unter den Kleinanzeigen.

Keine Zeile war an *Ars. Lup.* adressiert. Auf Arsène Lupins Zumutungen antwortete Gerbois mit Stillschweigen. Das war die Kriegserklärung ...

Noch am selben Abend erfuhr man aus den Zeitungen, dass Fräulein Gerbois entführt worden war.

***

Was uns an dem, was man die Inszenierungen Arsène Lupins nennen könnte, immer besondere Freude macht, ist die außerordentlich komische Rolle der Polizei. Alles geschah ohne ihre Mitwirkung. Er sprach, schrieb, überraschte, befahl, drohte, führte seine Drohungen aus, als wenn es keinen Chef der Sicherheitspolizei, keine Kriminalbeamten, Kommissare, kurzum, niemanden gäbe, der seine Absichten vereiteln könnte. Alle Maßnahmen waren vergebens. Ein Hindernis existiere nicht für ihn. Und dennoch bemühte sie sich eifrig, die Polizei. Sobald es sich um Arsène Lupin handelte, fing bei ihr vom Ersten bis zum Letzten alles Feuer, kochte, schäumte vor Wut. Er war der Erzfeind, der einen verhöhnte, herausforderte, verachtete oder, was noch schlimmer war, nicht beachtete. Was sollte man gegen einen solchen Feind ausrichten?

Fünf Minuten vor dreiviertel zehn ging nach der Aussage des Dienstmädchens Susanne von zu Hause weg. Fünf Minuten nach zehn erwartete ihr Vater sie vergebens am Ausgang des Lyzeums. Mithin hatte sich alles während des kurzen Spazierganges von 25 Minuten zugetragen, die Susanne von zu Hause bis ans Lyzeum brauchte.

Zwei Nachbarn sagten aus, dass sie ihr dreihundert Schritte vom Haus entfernt begegnet wären. Man stellte nach allen Richtungen hin Nachforschungen an. Man fragte die Beamten der Bahnhöfe und der Postämter aus. Sie hatten an jenem Tage nichts bemerkt.

Aber in Ville d'Avsray behauptete ein Tankwart, dass er an ein geschlossenes Automobil, das von Paris kam, Benzin verkauft hätte.

Am Steuer saß ein Chauffeur und im Fond eine

blonde, eine sehr blonde Dame. Eine Stunde später kam das Automobil von Versailles zurück. Ein Defekt am Wagen zwang es, langsamer zu fahren, was dem Tankwart die Möglichkeit gab, zu bemerken, dass neben der bereits erwähnten blonden Dame jetzt noch eine andere, mit Schleier und Schals umhüllte, Dame saß. Die zweite Dame war ohne jeden Zweifel Susanne Gerbois.

Aber man bedenke, dass die Entführung am helllichten Tag, auf einer sehr belebten Straße mitten im Herzen der Stadt bewerkstelligt worden war. Kein Schrei war gehört, keine verdächtige Bewegung bemerkt worden.

Der Tankwart beschrieb das Automobil als eine Limousine von 24 PS aus der Fabrik Peugeot, dunkelblau lackiert. Aufs Geratewohl erkundigte man sich bei der Vorsteherin der Großen Garage, der bekanntesten Autovermietung von Paris, bei Frau Bob-Walthour, die auch als Spezialistin für Entführungen durch Automobile bezeichnet werden kann. Am Freitagvormittag hatte sie tatsächlich eine Limousine vom Typ Peugeot für einen Tag an eine blonde Dame vermietet, die ihr übrigens nicht wieder zu Gesicht kam.

»Aber der Chauffeur?«

Das war ein gewisser Ernest, den man tags zuvor aufgrund glänzender Zeugnisse engagiert hatte.

»Ist er hier?«

»Nein, er hat bloß den Wagen zurückgebracht und ist dann nicht mehr wiedergekommen.«

»Können wir seine Spur nicht wiederfinden?«

»Gewiss, man braucht sich ja bloß bei den Leuten zu erkundigen, auf die er sich berufen hat.«
Die Polizeiermittler begaben sich zu diesen Leuten. Keiner von ihnen kannte besagten Ernest. Die Zeugnisse waren gefälscht.
Welcher Spur man auch immer nachging, die Sache wurde immer dunkler, immer rätselhafter.
Gerbois hatte nicht die Kraft, einen Kampf auszufechten, der für ihn so unglücklich begonnen hatte. Untröstlich über das Verschwinden seiner Tochter und von Gewissensbissen gequält, kapitulierte er.
Eine kleine Annonce im »Echo de Paris«, die viel besprochen wurde, erklärte kurz und bündig, ohne Hintergedanken, seine Unterwerfung.
Das war Lupins definitiver Sieg, durch den der Krieg innerhalb von viermal vierundzwanzig Stunden beendet wurde.

Zwei Tage später schritt Gerbois über den Hof des »Crédit Foncier«. Vor die Geschäftsleitung geführt, zeigte er das Los mit der Nummer 514, Serie 23, vor.
Der Geschäftsleiter sprang auf: »Ah, Sie haben es? Also hat man es Ihnen zurückgegeben?«
»Das Los war verlorengegangen, da ist es wieder«, antwortete Gerbois kurz.
»Aber Sie behaupteten doch, es war doch die Rede davon ...«
»Das waren alles nur Redereien und Missverständnisse!«

»Trotzdem könnten wir noch ein anderes Beweisstück gebrauchen.«

»Genügt der Brief des Kommandeurs?«

»Gewiss.«

»Hier ist er.«

»Gut. Wollen Sie bitte diese Stücke bei uns deponieren. Wir haben die Berechtigung, eine vierzehntägige Prüfungszeit in Anspruch zu nehmen. Ich werde Sie benachrichtigen, wenn Sie an unserer Kasse vorsprechen können. Bis dahin, mein Herr, haben Sie sicher alles Interesse daran, nicht darüber zu reden und die Angelegenheit mit absoluter Verschwiegenheit zu behandeln.«

»Das ist genau meine Absicht.«

Gerbois sprach nicht, ebenso wenig der Geschäftsleiter. Aber es gibt Geheimnisse, die enthüllt werden, ohne dass eine Indiskretion begangen wird, und die Polizei erfuhr also plötzlich, dass Arsène Lupin die Kühnheit besessen hatte, Gerbois die Nummer 514, Serie 23, zurückzuschicken. Jedermann war starr vor Erstaunen über diese Nachricht. Das war wirklich ein mutiger Spieler, der einen Trumpf von der Wichtigkeit dieses kostbaren Loses auf den Tisch warf!

Freilich, er hatte ihn absichtlich ausgespielt gegen eine Karte, die das Gleichgewicht wieder herstellte. Aber wenn das junge Mädchen ihm entkommen sollte! Wenn es glückte, die Geisel wiederzuerlangen, die er in Händen hielt!

Die Polizei bemerkte wohl die schwache Seite des Feindes und verdoppelte ihre Anstrengungen. Arsène Lupin hatte sich selbst entwaffnet, sich im Räderwerk seiner Inszenierung verfangen und sollte nicht einen lächerlichen Sou von der begehrten Million erhalten. Die Lacher gingen auf einmal ins andere Lager über.

Aber Susanne musste wiedergefunden werden. Die Polizei fand sie jedoch nicht, und sie lief dem Kidnapper ebenso wenig davon.

»Zugegeben«, sagte man. »Arsène hat den ersten Durchgang gewonnen. Aber das Schwierigste ist noch zu tun! Freilich ist Fräulein Gerbois noch in seinen Händen, und er wird sie nur gegen 500 000 Franken freigeben. Aber wie und wo soll der Austausch stattfinden? Für den Austausch ist ein Treffen nötig, und wer hindert denn Gerbois daran, die Polizei zu benachrichtigen, seine Tochter auf diese Weise zurückzuholen und das ganze Geld zu behalten?«

Man interviewte den Professor. Der war sehr niedergeschlagen, wollte sich durchaus in Schweigen hüllen und blieb undurchdringlich: »Ich habe nichts mitzuteilen. Ich warte.«

»Und Fräulein Gerbois?«

»Die Nachforschungen werden fortgesetzt.«

»Aber Arsène Lupin hat Ihnen doch ge schrieben?«

»Nein.«

»Sie behaupten das nur.«

»Nein.«

»Also ja. Welche Instruktionen hat er Ihnen gegeben?«

»Ich habe nichts mitzuteilen.«
Die Journalisten umlagerten den Advokaten Detinan. Dieselbe Verschwiegenheit.
»Lupin ist mein Mandant«, antwortete er, indem er eine ernste Würde zur Schau stellte. »Sie werden begreifen, dass ich zu absolutem Stillschweigen verpflichtet bin.«
All diese Geheimnisse reizten die Menschen nur. Zweifellos wurden im Dunkeln Pläne geschmiedet. Arsène Lupin knüpfte und verengte die Maschen seiner Netze, während die Polizei Gerbois Tag und Nacht mit einem Überwachungsdienst umgab. Und man hielt nur drei Lösungen für möglich: Gefangennahme Lupins, sein Triumph, oder ein kläglich-lächerliches Scheitern.
Aber die Neugierde des Publikums sollte nur zum Teil befriedigt werden, und wie sich dies zutrug, soll in den folgenden Zeilen zum ersten Mal wahrheitsgemäß enthüllt werden.

***

Am Dienstag, den 12. März, erhielt Gerbois in einem gewöhnlichen Briefumschlag eine Mitteilung des »Crédit Foncier«.
Donnerstag um ein Uhr fuhr er nach Paris. Um zwei Uhr wurden ihm 1000 Banknoten zu je 1000 Franken ausgehändigt.
Während er sie zitternd durchzählte – denn waren nicht diese Scheine das Lösegeld für Susanne? – unterhielten sich zwei Männer in einem Wagen,

der in einiger Entfernung vor dem Hauptportal stand. Der eine dieser Männer hatte graumelierte Haare und ein energisches Gesicht, das mit seiner Kleidung und dem Gehabe eines kleinen Beamten kontrastierte. Es war der Oberinspektor Ganimard, der alte Ganimard, der geschworene Feind Lupins. Und Ganimard sagte zu dem Polizeiwachtmeister Folenfant: »Es wird nicht mehr lange dauern. In fünf Minuten werden wir unseren Mann wiedersehen. Ist alles in Bereitschaft?«

»In höchster Bereitschaft.«

»Wie viele Männer haben wir?«

»Acht, dabei zwei auf Dienstfahrrädern.«

»Und ich zähle für drei. Das genügt, ist aber nicht zu viel. Wir müssen auf Gerbois aufpassen, sonst ist alles verloren. Er hat sonst mit Lupin das verabredete Rendezvous, tauscht das Fräulein gegen eine halbe Million aus, und unser Plan misslingt.«

»Aber warum arbeitet der Mann nicht mit uns Hand in Hand? Das wäre doch das einfachste? Wenn er sich mit uns ins Einvernehmen setzte, könnte er die ganze Million behalten?«

»Ja, er hat aber Angst. Versucht er den Anderen hereinzulegen, dann bekommt er seine Tochter vielleicht nicht wieder.«

»Welchen Anderen?«

»Ihn.«

Ganimard sprach das Wort in ernstem, fast ängstlichem. Ton aus, wie wenn er von einem fast übermenschlichen Wesen spräche, dessen Krallen er schon spürte.

»Es ist doch zu komisch«, meinte nachdenklich der Wachtmeister Folenfant, »dass wir gezwungen sind, den Herrn vor sich selbst zu beschützen.«

»Ach«, stöhnte Ganimard, »wenn man es mit Lupin zu tun hat, ist die ganze Welt auf den Kopf gestellt.«

Eine Minute verging.

»Achtung!«, rief er.

Gerbois kam heraus. Am Ende der Rue des Capucines bog er links in die Boulvards ein. Er entfernte sich langsam, wobei er die Auslagen der Geschäfte betrachtete.

»Er ist zu ruhig«, sagte Ganimard. »Jemand, der eine Million in der Tasche hat, besitzt normalerweise nicht diese Ruhe.«

»Was mag da dahinter stecken?«

»Ach, nichts offenbar ... trotzdem, ich bin misstrauisch, Lupin ist Lupin.«

In diesem Augenblick ging Gerbois an einen Kiosk, suchte Zeitungen aus, ließ sich Geld herausgeben, entfaltete eins der Blätter und begann im Weitergehen zu lesen.

Aber plötzlich sprang er in ein Automobil, das am Rand des Bürgersteiges geparkt war. Der Motor musste schon in Bewegung sein, denn er raste sofort davon, kreuzte die Madeleine und verschwand.

»Verdammt nochmal!«, rief Ganimard. »Das ist wieder so ein Coup von ihm!«

Er setzte sich sofort in Bewegung; andere Leute

folgten ihm gleichzeitig um die Madaleine herum. Aber plötzlich fing er an zu lachen. Am Eingang des Boulevard Malesherbes hielt das Automobil, das sie verfolgten, infolge einer Panne an, und Gerbois stieg aus.
Ganimard rief: »Schnell, Folenfant, der Chauffeur ist vielleicht der sogenannte Ernest.«
Folenfant nahm sich sofort den Chauffeur vor. Es war ein gewisser Gaston, der bei einer Taxifirma angestellt war. Vor zehn Minuten hatte ein Herr ihn angehalten und ihm gesagt, er soll mit laufendem Motor in der Nähe des Kiosks bis zur Ankunft eines anderen Herrn warten.
»Und welche Adresse hat dieser andere Fahrgast angegeben?«, fragte Folenfant.
»Gar keine Adresse ... Boulevard Malesherbes, Avenue de Messine, doppeltes Trinkgeld – das war alles.«
Inzwischen war Gerbois, ohne eine Minute Zeit zu verlieren, in die erste beste Droschke gesprungen, die vorüberfuhr: »Kutscher, zur Metro! Haltestelle der Place de la Concorde!«
Der Professor verließ am Place du Palais Royal die Untergrundbahn wieder, eilte zu einem Wagen und ließ sich zum Place de la Bourse fahren. Darauf folgte eine zweite Untergrundbahnfahrt, und an der Avenue de Villiers nahm er zum dritten Mal einen Wagen: »Kutscher, Rue Clapeyron 25.«
Nummer 25 der Rue Clapeyron wird vom Boulevard des Batignolles durch ein Eckhaus getrennt.

Er stieg in die erste Etage hinauf und läutete ... Ein Herr öffnete ihm.
»Wohnt hier Herr Detinan?«
»Der bin ich selbst. Herr Gerbois vermutlich?«
»So ist es.«
»Ich erwartete Sie bereits. Bitte, treten Sie näher.«
Als Gerbois in das Büro des Anwalts trat, schlug es gerade drei Uhr.
Er sagte: »Das ist die Zeit, die er angegeben hatte. Ist er noch nicht da?«
»Noch nicht.«
Gerbois setzte sich, wischte sich den Schweiß von der Stirn, starrte seine Uhr an und fragte ängstlich: »Wird er aber auch sicher kommen?«
Der Advokat antwortete: »Sie fragen mich da nach etwas, das zu erfahren ich selbst sehr neugierig bin. Niemals habe ich eine ähnliche Angst ausgestanden. Jedenfalls, wenn er kommt, dann riskiert er viel; dieses Haus wird seit vierzehn Tagen genau überwacht! Man misstraut mir.«
»Und mir noch mehr. Daher kann ich nicht versichern, dass die an meine Fersen gehefteten Agenten meine Spur verloren haben.«
»Ja, aber dann ...«
»Es ist nicht meine Schuld«, rief aufgeregt der Professor, »und niemand kann mir einen Vorwurf machen. Was habe ich versprochen? Seinen Befehlen zu gehorchen. Das habe ich blindlings getan; ich habe das Geld zu der von ihm festgesetzten Stunde in Empfang genommen und habe mich

genau auf die vorgeschriebene Weise zu Ihnen begeben. Da ich mich für das Unglück meiner Tochter für verantwortlich halte, bin ich meinen Verpflichtungen durchaus loyal nachgekommen. Mag er nun den seinigen nachkommen.«

Und mit derselben angstvollen Stimme fügte er hinzu: »Er wird doch meine Tochter wiederbringen, nicht wahr?«

»Ich hoffe es.«

»Sie haben ihn doch gesehen?«

»Ich? Aber nein! Er hat mich einfach brieflich darum ersucht, Sie beide zu empfangen, mein Personal vor drei Uhr fortzuschicken und niemand zwischen Ihrer Ankunft und seinem Fortgehen in meine Wohnung zu lassen. Willigte ich in diesen Vorschlag ein, so sollte ich ihn durch zwei Zeilen im »Echo de France« benachrichtigen. Doch ich bin ja sehr froh, dass ich Arsène Lupin einen Dienst leisten kann, und gehe auf alles ein.«

Gerbois seufzte: »Ach, wie soll das alles noch enden?«

Er zog die Banknoten aus der Tasche, legte sie auf den Tisch und machte zwei Päckchen von der gleichen Anzahl daraus.

Dann schwiegen die beiden. Von Zeit zu Zeit horchte Gerbois auf ... Hatte es nicht soeben geläutet? Seine Angst wurde von Minute zu Minute größer, und auch Detinan befand sich in einer unerträglichen Aufregung.

Für einen Moment verlor der Advokat sogar seine Kaltblütigkeit. Er stand plötzlich auf: »Wir werden ihn nicht zu sehen bekommen. Wie sollte das auch geschehen? ... Es wäre ja der reine Wahnsinn von ihm! Gut, er mag Vertrauen zu uns haben; wir sind anständige Männer und unfähig, ihn zu verraten. Aber in dieser Befürchtung liegt ja nicht die einzige Gefahr.«

Gerbois war ganz niedergeschmettert über die Banknoten gebeugt und stöhnte: »Wenn er doch käme, mein Gott, wenn er doch käme! Ich würde alles hier hergeben, um meine Susanne wiederzuhaben.«

Da ging die Tür auf.

»Die Hälfte dürfte genügen, Monsieur Gerbois!«

Eine Person trat ein und blieb auf der Schwelle stehen. Es war ein junger, elegant gekleideter Mann, in dem Gerbois bald den Menschen wiedererkannte, der ihn in dem Laden von Versailles angesprochen hatte.

Er eilte auf ihn zu.

»Susanne! Wo ist meine Tochter?«

Arsène Lupin schloss sorgfältig die Tür hinter sich und, indem er ruhig seine Handschuhe auszog, sagte er zu dem Advokaten: »Lieber Doktor, ich kann Ihnen gar nicht genug danken für die Freundlichkeit, mit der Sie meine Rechte zu verteidigen bereit waren. Ich werde Ihnen das nicht vergessen.«

Detinan murmelte: »Aber Sie haben ja gar nicht geläutet. Ich habe nicht einmal die Tür gehen hören ...«

»Klingeln und Türen sind Dinge, die auch funktio-

nieren müssen, ohne dass man sie hört. Ich bin trotzdem da, das ist die Hauptsache.«
»Meine Tochter! Susanne! Was haben Sie mit ihr gemacht?«, rief der Professor.
»Mein Gott«, sagte Lupin, »wie eilig Sie es haben! Beruhigen Sie sich nur einen Augenblick, und Ihr Fräulein Tochter wird gleich in Ihren Armen liegen.«
Er ging einige Male auf und ab, darauf sprach er im Ton eines hochgestellten Herren, der sein Lob austeilt: »Monsieur Gerbois, ich beglückwünsche Sie zu der Geschicklichkeit, mit der Sie soeben gehandelt haben. Wenn das Automobil nicht diese dumme Panne erlitten hätte, dann hätten wir uns einfach auf dem Place l'Étoile getroffen und Herrn Detinan die Unbequemlichkeit dieses Besuches erspart ... aber es sollte wohl so sein.«
Er bemerkte die beiden Päckchen Banknoten und rief: »Ach, sehr gut! Die Million ist da ... wir wollen keine Zeit verlieren. Sie gestatten?«
»Aber«, wandte Detinan ein, indem er sich vor den Tisch stellte, »Fräulein Gerbois ist ja noch nicht da.«
»Na und?«
»Nun, ist denn ihre Gegenwart für den Austausch nicht unerlässlich?«
»Ich verstehe, ich verstehe! Arsène Lupin flößt nur bedingtes Vertrauen ein. Er steckt nur die halbe Million in die Tasche und gibt nicht die Geisel zurück. Ach, lieber Herr Doktor, wie schlecht Sie mich doch kennen! Weil das Schicksal mich zu

einigen Handlungen von etwas seltener Natur verleitete, bezweifelt man meine Redlichkeit, wo ich doch ein gewissenhafter und zartfühlender Mensch bin! Übrigens, lieber Doktor, wenn Sie Furcht haben, dann öffnen Sie nur Ihr Fenster und rufen Sie um Hilfe. Es sind mindestens ein Dutzend Polizeibeamte auf der Straße.«

»Glauben Sie wirklich?«

Arsène Lupin zog die Vorhänge auf.

»Ich halte Herrn Gerbois nicht für imstande, den lieben Ganimard von der Spur abzubringen. Nun, was habe ich Ihnen eben gesagt? Da ist der brave Freund schon!«

»Ist das die Möglichkeit!«, rief der Professor entsetzt. »Ich schwöre Ihnen …«

»… dass Sie mich nicht verraten haben? Ich zweifle nicht daran. Aber die Burschen sind geschickt. Halt, da bemerke ich Folenfant und Greaume! Und Dieuzy! Lauter gute Kameraden von mir.«

Detinan sah ihn erstaunt an. Welche Ruhe! Er lachte glücklich, wie wenn er sich an einem Kinderspielzeug vergnügte und keine Gefahr ihn bedrohte.

Mehr noch als der Anblick der Polizeibeamten beruhigte den Advokaten die Sorglosigkeit. Er entfernte sich von dem Tisch, wo die Banknoten lagen.

Arsène Lupin ergriff die beiden Pakete, machte jedes von ihnen um 25 Scheine leichter und reichte Detinan die auf diese Weise gesammelten 50 Scheine.

»Was Gerbois an Honorar zahlt, lieber Doktor, das zahlt auch Arsène Lupin. Wir sind Ihnen das wohl schuldig?«

»Sie sind mir nichts schuldig«, versetzte Detinan.

»Wie? Und all die Unannehmlichkeiten, die wir Ihnen verursachen?«

»Und all das Vergnügen, das ich dabei empfinde?«

»Das heißt also, lieber Doktor, Sie wollen von Arsène Lupin nichts annehmen. Da sieht man, was es heißt, einen schlechten Ruf zu haben! Das kann manchmal recht praktisch sein.«

Er reichte die 50 Tausendfrankenscheine dem Professor.

»Mein Herr, zur Erinnerung an unsere freundliche Begegnung, gestatten Sie mir, Ihnen das zu übergeben – es soll mein Hochzeitsgeschenk für Fräulein Gerbois sein.«

Gerbois griff lebhaft nach den Noten, sagte aber gleichzeitig: »Meine Tochter heiratet doch gar nicht.«

»Sie heiratet nicht, wenn Sie Ihre Einwilligung nicht geben; aber sie brennt darauf, sich zu verheiraten.«

»Was wissen Sie davon?«

»Ich weiß, dass junge Mädchen oft ohne Einwilli gung ihres Papas Träume haben. Zum Glück gibt es Schutzgeister, die sich Arsène Lupin nennen, und die im Geheimfach eines Sekretärs die Geheimnisse solcher liebenswürdigen Seelen entdecken.«

»Sie haben nichts anderes darinnen entdeckt?«,

fragte Detinan. »Ich gestehe, dass ich gern wissen möchte, warum dieses Möbelstück Ihnen so am Herzen lag?«
»Historischer Grund, lieber Doktor. Obgleich es entgegen der Meinung des Herrn Gerbois keinen andern Schatz als das Lotterielos enthielt – und davon wusste ich natürlich nichts —, so legte ich doch Wert darauf und suchte schon lange danach. Dieser Sekretär aus Taxus- und Akazienholz, der mit Akanthusblätterkapitälen verziert ist, wurde in dem kleinen, verschwiegenen Häuschen wieder aufgefunden, das in Boulogne die bekannte Maria Walewska bewohnte, die Geliebte Napoleon Bonapartes. Und er trägt auf einer der Schubladen die verblichene Inschrift: 'Gewidmet Napoleon I., dem Kaiser der Franzosen, von seinem treuen Diener Mancion.' Und darüber stehen, mit einem Messer eingraviert, die Worte: 'Für Dich, Maria.' Später ließ Napoleon einen zweiten solchen Sekretär für die Kaiserin Josephine anfertigen, so dass der Sekretär, den man in Malmaison bewunderte, nur eine unvollkommene Kopie desjenigen ist, der fortan meine Sammlung bereichern wird.«
Der Professor seufzte: »Ach, hätte ich das bei dem Händler erfahren, ich hätte Ihnen den Sekretär sofort abgetreten!«
Arsène Lupin erwiderte lachend: »Und das hätte für Sie außerdem den unschätzbaren Vorteil gehabt, den Hauptgewinn des Loses Nummer 514, Serie 23, für sich allein zu behalten.«

»Was Sie nicht verleitet hätte, meine Tochter zu entführen.«
»Aber, mein lieber Herr, Sie irren, Fräulein Gerbois ist nicht entführt worden.«
»Was? Meine Tochter ist nicht entführt worden?«
»Keineswegs. Sagt man 'entführt', so heißt das mit Gewalt, sie hat sich aber freiwillig als Geisel gestellt.«
»Freiwillig?«, wiederholte Gerbois verwirrt.
»Und beinahe auf ihren Wunsch! Ein junges, intelligentes Mädchen von der Art des Fräuleins Gerbois und – was noch mehr sagen will – ein Mädchen, das im innersten ihrer Seele eine uneingestandene Leidenschaft hegt, sollte sich sträuben, ihre Mitgift zurückzuerobern? Ach, ich schwöre Ihnen, es war ein leichtes, begreiflich zu machen, dass es kein anderes Mittel gab, Ihren Widerstand zu besiegen.«
Detinan amüsierte sich sehr und meinte: »Das schwierigste mag gewesen sein, sich zu verständigen. Sie musste sich doch von Ihnen ansprechen lassen.«
»Oh nein, von mir nicht. Ich habe nicht einmal die Ehre, sie zu kennen. Eine Freundin von mir war so liebenswürdig, Verhandlungen anzuknüpfen.«
»Gewiss die blonde Dame aus dem Automobil?«, unterbrach Detinan.
»Ganz recht. Bei der ersten Begegnung am Gymnasium wurde alles geregelt. Daraufhin haben Fräulein Gerbois und ihre neue Freundin eine Reise durch Belgien und Holland gemacht, und

zwar auf die angenehmste und lehrreichste Art für ein junges Mädchen. Übrigens kann sie es Ihnen ja gleich selbst erzählen.«

Es läutet an der Wohnungstür, erst rasch dreimal hintereinander, dann noch einmal, und nach einem Augenblick wieder.

»Sie ist es«, sagte Lupin. »Lieber Doktor, wenn Sie so freundlich sein wollen.«

Der Advokat stürzte hinaus.

Zwei junge Damen traten ein. Die eine warf sich Gerbois in die Arme, die andere näherte sich Lupin. Sie war schlank, von harmonischem Wuchs, hatte ein sehr blasses Gesicht, und ihr schimmerndes blondes Haar teilte sich in zwei wellige und sehr losen Strähnen. In ihrer schwarzen Kleidung, ohne einen anderen Schmuck als mit einer fünfreihigen Perlenkette, machte sie dennoch den Eindruck raffinierter Eleganz. Lupin sprach einige Worte zu ihm, dann begrüßte er Fräulein Gerbois:

»Ich bitte Sie, mein Fräulein, für all die Störungen um Entschuldigung. Aber ich hoffe, dass Sie trotzdem nicht gar zu unglücklich gewesen sind ...«

»Unglücklich! Ich wäre sogar sehr glücklich gewesen, wenn ich nicht um meinen armen Vater Angst gehabt hätte.«

»Dann ist ja alles gut. Geben Sie ihm noch einen Kuss und nutzen Sie die Gelegenheit – sie ist günstig – um mit ihm über Ihren Vetter zu sprechen.«

»Meinen Vetter – was heißt das? ... Ich verstehe nicht ...«

»Aber ja, Sie verstehen … Über Ihren Vetter Philipp … den jungen Mann, dessen Brief Sie so sorgsam aufbewahren …«
Lupin sah Vater und Tochter mit zärtlichen Blicken an.
»Wie sehr sich doch lohnt, Gutes zu tun. Ein rührendes Schauspiel! Welch ein glücklicher Vater! Und eine glückliche Tochter! Und das ist dein Werk, Lupin! Diese Wesen werden dich später segnen. Dein Name wird von ihnen ehrenvoll ihren Enkelkindern überliefert werden … Ach ja, die Familie! … Die Familie!«
Er wandte sich zum Fenster.
»Ist der gute Ganimard immer noch da? … Er würde gewiss gerne dieser rührenden Szene beiwohnen. Aber nein, er ist ja nicht mehr da, überhaupt niemand … Weder er, noch die anderen … Teufel, die Situation wird ernst … Es sollte mich nicht wundern, wenn sie schon unten in der Einfahrt ständen … Beim Portier vielleicht … oder vielleicht schon auf der Treppe sind!«
Gerbois ließ einen Moment verstreichen. Jetzt, wo er seine Tochter zurück hatte, kam ihm auch das Gefühl für die Wirklichkeit wieder. Die Verhaftung des Gegners war ihm eine halbe Million wert. Unwillkürlich machte er einen Schritt nach vorn … Wie zufällig trat ihm Lupin in den Weg.
»Wohin gehen Sie, Herr Gerbois? Sie wollen mich doch sicher gegen diese Leute da verteidigen? Außerordentlich liebenswürdig! Aber bemühen Sie sich nicht. Übrigens gebe ich Ihnen die Versiche-

rung, dass Sie in größerer Verlegenheit sind als ich.«

Er fuhr nachdenklich fort: »Was wissen sie im Grunde? Dass Sie hier sind und vielleicht auch, dass Fräulein Gerbois hier ist. Denn sie müssen gesehen haben, wie sie mit einer unbekannten Dame eintrat. Aber ich? Das ahnen sie nicht. Wie sollte ich auch in ein Haus gekommen sein, dass heute Morgen Polizeibeamte vom Keller bis zum Dachboden durchsucht haben? Nein, aller Wahrscheinlichkeit nach erwarten sie nicht, mich auf frischer Tat zu ertappen ... die Ärmsten! ... Sie müssten nun eigentlich ahnen, dass ich Sie geschickt und mit dem Austausch beauftragt habe. In diesem Fall werden sie Sie beim fortgehen sicher verhaften wollen.«

Es läutete. Mit einer herrischen Bewegung bedeutete Lupin, dass Gerbois sich nicht rühren sollte, und mit großer Autorität sagte er: »Halt, mein Herr, denken Sie an Ihre Tochter und seien Sie vernünftig, sonst ... Und Sie, lieber Doktor, von Ihnen habe ich ja Ihr Wort.«

Gerbois blieb wie festgenagelt stehen. Auch der Rechtsanwalt rührte sich nicht.

Ohne die geringste Eile nahm Lupin seinen Hut. Er war ein wenig angestaubt und deshalb wischte er ihn mit der Rückseite seines Rockärmels ab.

»Lieber Doktor, falls Sie meiner bedürfen sollten ... und Ihnen, Fräulein Susanne, meine besten Wünsche und meine Empfehlungen an Herrn Philipp.«

Er zog aus seiner Tasche eine schwere, goldene Uhr mit doppeltem Gehäuse.
»Herr Gerbois, es ist acht Minuten vor vier. Vier Minuten vor vier gestatte ich ihnen, dieses Zimmer zu verlassen – nicht eine Minute früher, verstanden?«
»Aber sie werden mit Gewalt eindringen«, konnte Detinan sich nicht enthalten zu sagen.
»Sie vergessen das Gesetz, lieber Herr Doktor! Niemals würde Ganimard es wagen, das Hausrecht eines französischen Bürgers zu verletzen. Wir dürften Zeit haben, noch eine Runde Karten zu spielen. Doch verzeihen Sie, Sie scheinen alle drei sehr bewegt zu sein, und ich möchte nicht länger stören.«
Er legte die Uhr auf den Tisch, öffnete die Tür des Salons und sagte, zu der jungen Dame gewandt: »Sind Sie bereit, liebe Freundin?«
Er ging ihr voran, grüßte Fräulein Gerbois sehr ehrerbietig, ging und machte die Tür hinter sich zu. Man hörte noch, wie er im Flur laut sagte: »Tag, Ganimard wie geht's? Empfehlen Sie mich der werten Gemahlin. An einem der folgenden Tage werde ich zum Frühstück vorsprechen. Adieu, Ganimard.«
Wieder ein kurzes, heftiges Klingeln, dann noch einiges Leuten und Stimmengewirr auf dem Treppenabsatz.
»Fünf Minuten vor vier«, stotterte Gerbois.
Nach einigen Sekunden trat er entschlossen in den Flur.

Lupin und die blonde Dame war nicht mehr da.
»Vater, du darfst nicht ... warte! ...«, rief Susanne.
»Warten? Bist du verrückt! ... Einen solchen Schuft schonen? Und die halbe Million? ...«
Ganimard stürzte herein.
»Die Dame ... Wo ist sie? Und Lupin?«
»Er war da ... Er war da ...«
Ganimard stieß einen Triumphschrei aus: »Wir haben ihn, das Haus ist umstellt!«
Detinan wandte ein: »Aber die Hintertreppe?«
»Die Hintertreppe mündet auf den Hof, und es gibt nur einen Ausgang durch die Hofeinfahrt. Zehn Mann bewachen sie.«
»Er ist aber nicht durch die Hofeinfahrt gekommen ... Und er wird auch nicht dort hinausgehen ...«
»Wo sonst?«, versetzte Ganimard, »... etwa durch die Luft?«
Er schob eine Gardine beiseite. Man sah einen langen Gang, der zur Küche führte. Ganimard lief eilig dorthin und konstatierte, dass die Hintertür zweimal verschlossen war.
»Niemand?«
»Niemand!«
»Dann«, rief er aufgeregt, »müssen sie noch in der Wohnung sein! ... Sie halten sich in einem der Zimmer verborgen! ... Es ist absolut unmöglich, dass sie entwischt sind ... Ha, Lupin, du kleiner Schelm, du hast dich über mich lustig gemacht. Aber diesmal kommt die Vergeltung!«
Um 7 Uhr abends wunderte sich Dubois, der Chef

der Sicherheitspolizei, dass er noch keine Nachricht hatte, und ließ sich in die Rue Clapeyron fahren, um nach dem Rechten zu sehen. Er fragte die Beamten aus, die das Grundstück bewachten, und stieg dann zu Detinan hinauf, der ihn in sein Arbeitszimmer führte. Dort bemerkte er einen Mann, oder besser gesagt, zwei Beine, die auf dem Teppich herumtrampelten, während der Oberkörper, zu dem sie gehörten, in der Tiefe des Kamins steckte.

»Heh da, heh da!«, rief eine halb erstickte Stimme.

Und eine andere, entferntere Stimme, die ganz von oben kam, antwortete: »Heh da, heh da!«

Dubois rief lachend: »Na, Ganimard, sind Sie Schornsteinfeger geworden?«

Der Inspektor kroch aus dem Inneren des Kamins hervor. Mit seinem geschwärzten Gesicht, seiner rußbedeckten Kleidung, seinen fieberhaft glänzenden Augen, war er fast nicht zu erkennen.

»Ich suche ihn«, brummte er.

»Wen?«

»Arsène Lupin ... Arsène Lupin und seine Freundin!«

»Ach so! Ja, glauben Sie denn, dass die beiden im Rauchfang versteckt sind?«

Ganimard richtete sich auf, legte fünf kohlrabenschwarze Finger auf den Arm seines Vorgesetzten und sagte zähneknirschend: »Wo sollen sie denn sonst hin sein, Monsieur le Chef? Irgendwo müssen sie doch stecken. Es sind doch leibhaftige Wesen wie Sie und ich, aus Fleisch und Knochen. Die-

se Wesen können sich doch nicht in Rauch auflösen.«
»Sie sind aber trotzdem verschwunden, richtig?«
»Aber wie? Aber wie? Das Haus ist umstellt. Sogar auf dem Dach sind unsere Beamten.«
»Und das Nachbarhaus?«
»… steht nicht in Verbindung mit diesem.«
»Die Wohnungen der anderen Etagen?«
»Es wurden alle Mieter befragt. Sie haben niemanden gesehen, sie habe niemanden gehört.«
»Sind Sie auch sicher, dass Sie alle verhört haben?«
»Alle. Der Portier bürgt für sie. Übrigens habe ich zur Vorsicht in jeder der Wohnungen einen Mann postiert.«
»Dennoch muss man sie durchsuchen.«
»Das sage ich ja, Monsieur le Chef, das sage ich ja. Es muss geschehen und wird geschehen, weil sie beide dort sind … Sie können nicht anderswo sein. Seien Sie ganz beruhigt, Chef. Wenn nicht heute Abend, dann werde ich sie morgen haben … Ich werde hier übernachten … Ich werde Tag und Nacht nach ihnen suchen.«
Ganimard blieb über Nacht und am folgenden Tag suchte er weiter und am nächsten Tag ebenfalls. Und als drei Tage und drei Nächte verflossen waren, hatte er den unfassbaren Lupin und seine nicht minder unfassbar Gefährtin nicht nur nicht entdeckt, er hatte auch nicht die leiseste Ahnung, wie sie entkommen sein konnten. Und deshalb beharrte er auf seiner ursprünglichen Meinung:

Solange keine Spur von ihrer Flucht vorhanden ist, müssen sie eben noch da sein.
Vielleicht war er im Grunde seines Herzens weniger davon überzeugt, doch er wollte es sich nicht eingestehen. Nein und tausendmal nein, ein Mann und eine Frau machen sich nicht unsichtbar wie die bösen Geister im Kindermärchen. Und ohne den Mut zu verlieren, setzte er seine Nachforschungen fort, als wenn er hoffen könnte, sie in irgend einem düsteren Schlupfwinkel körperlos zwischen den Steinen des Hauses zu entdecken.

Sherlock Holmes eröffnet den Schlagabtausch

»Was Wünschen die Herren?«

»Was Sie wollen«, antwortete Arsène Lupin, als ein Mann, den solche Details der Speisekarte wenig interessieren, »... was Sie wollen, doch weder Fleisch noch Alkohol.«

Der Kellner entfernte sich mit verächtlichem Gesicht.

Ich rief: »Wie, immer noch Vegetarier?«

»Immer mehr«, versicherte Lupin.

»Aus Neigung, aus Überzeugung oder aus Gewohnheit?«

»Aus Hygiene.«

»Und keine Abweichung von der Regel?«

»Oh doch ... Wenn ich in Gesellschaft gehe und nicht unangenehm auffallen will.«

Wir speisten beide in der Nähe des Nordbahnhofs in einem kleinen Restaurant, wohin mich Arsène Lupin bestellt hatte. Er liebte es, mir von Zeit zu Zeit für den Abend telegrafisch ein Treffen in einem Winkel von Paris vorzuschlagen. Dann war er immer von unerschöpflich guter Laune, voller Lebensfreude, ein schlichtweg guter Junge, und es handelte sich dann zumeist darum, dass er mir eine unvorhergesehene Anekdote oder eine Erinnerung mitteilen oder mir von einem seiner neuen Abenteuer berichten wollte.

An jenem Abend erschien er mir noch aufgeräumter als gewöhnlich. Er lachte und plauderte mit einem ganz einzigartigen Elan und mit jener feinen Ironie, die seine besondere Eigenart ist, mit einer leichten, zwanglosen Ironie ohne alle Bitterkeit. Es war ein Vergnügen, ihn so zu sehen, und ich konnte nicht anders, als meine Zufriedenheit zum Ausdruck zu bringen.

»Ja«, rief er, »ja, ich habe solche Tage, wo alles mir leicht und unterhaltsam erscheint, wo in mir das Leben gleichsam ein unermesslicher Schatz ist, den ich nie erschöpfen kann, und weiß Gott, ich lebe auch, ohne viel nachzudenken.«

»Vielleicht zu sehr.«

»Der Schatz ist unermesslich, sage ich Ihnen. Ich kann versuchen, die Lebenskraft zu verausgaben und zu verschleudern, ich kann meine Kräfte und meine Jugend nach allen Windrichtungen verstreuen. Damit mache ich nur noch frischeren Kräften Platz. Und mein Leben ist ja auch wirklich schön! Ich brauche nur etwas zu wollen, nicht wahr? Und bin morgen wer weiß was alles: Redner, Besitzer einer großen Fabrik, Politiker ... Nun, ich schwöre es Ihnen, danach würde ich nie streben. Ich bin Arsène Lupin und bleibe Arsène Lupin. Vergebens suche ich in der Geschichte ein Schicksal, das mit meinem zu vergleichen wäre, das noch besser und intensiver erfüllt worden wäre. Napoleon? Vielleicht ja ... aber dann der Napoleon am Ende seiner kaiserlichen Laufbahn, während des französischen Feldzuges, als Europa in zerschmettern wollte, und er bei jeder Schlacht sich fragen musste, ob es nicht die letzte wäre.«

Machte er Witze? Der Ton seiner Stimme war wärmer geworden, und er fuhr fort: »Darauf kommt es an, auf die Gefahr! Und die ununterbrochenen Empfindungen der Gefahr. Man muss sie atmen die Luft, die man atmet, man muss sie um sich wehen, toben, strömen sehen ... Und mitten im Sturm ruhig bleiben ... Nicht weichen und nicht wanken! ... Sonst ist man verloren. Es ist so, als wenn man ein rasendes Automobil steuert. Doch so eine Fahrt dauert nur einen Vormittag, und meine Fahrt dauert das ganze Leben lang.«
»Wie Sie poetisch werden!«, rief ich. »... Und Sie wollen mir weismachen, dass Sie nicht einen ganz besonderen Grund haben, so aufgeregt zu sein.«
Er lächelte.
»Oh«, sagte er. »Sie sind ein guter Beobachter, vielleicht sogar ein Psychologe. Es handelt sich in der Tat noch um etwas anderes.«
Er goss sich ein großes Glas frisches Wasser ein, leerte es und sagte dann: »Sie haben den 'Temps' von heute gelesen?«
»Nein, leider nicht.«
»Sherlock Holmes soll über den Kanal gekommen und heute um sechs Uhr in Paris eingetroffen sein.«
»Das ist ja allerhand! Und zu welchem Zweck?«
»Eine kleine Reise auf Kosten der Crozons, des Neffen d'Hautrecs und von Gerbois. Sie haben sich am Nordbahnhof getroffen und dort Ganimard abgeholt. Augenblicklich konferieren sie alle miteinander.«

Niemals, wie schrecklich neugierig er mich auch machte, wagte ich es, Arsène Lupin über sein Privatleben zu befragen, wenn er mir nicht selbst davon erzählte. Es war dies meinerseits eine Zurückhaltung, die ich nie außer Acht ließ. Bislang war übrigens sein Name noch nicht, wenigstens nicht offiziell, im Zusammenhang mit dem blauen Diamanten genannt worden. Ich geduldete mich also.

Er fuhr fort: »Der 'Temps' veröffentlichte außerdem ein Interview mit dem braven Ganimard, wonach eine blonde Dame, die meine Freundin sein soll, den Baron d'Hautrec ermordet und den Versuch unternommen haben soll, der Frau Crozon ihren berühmten Ring zu entwenden. Natürlich beschuldigt er mich als den Anstifter zu diesen Schandtaten.«

Mich überlief ein leichter Schauer. Waren dem wirklich so? Durfte ich annehmen, dass die Gewohnheit zu stehlen, seine Lebensweise, die Umstände den Mann zum Verbrechen gemacht hatten? Ich beobachtete ihn. Er erschien äußerlich ruhig, seine Augen blickten offen und klar um sich. Ich sah mir seine Hände an. Es waren beinahe zart geformte, wahrhaft unschuldige Hände, Künstlerhände.

»Ganimard leidet an Halluzinationen«, sagte ich.

Er protestierte: »Oh nein, oh nein! Ganimard besitzt Finesse ... manchmal sogar Geist.«

»Geist?«

»Ja, so ist zum Beispiel dieses Interview ein Meisterstück. Zuerst kündigt es die Ankunft meines, und seines, englischen Rivalen an, um mich zu warnen, und ihm seine Aufgabe schwerer zu machen. Dann gibt er genau an, wie weit er die Angeleigenheit geführt hat, damit Holmes von seinen eigenen Entdeckungen profitieren kann. Das nenne ich echten Sportsgeist: den Wettbewerbern einen Vorsprung geben, auch wenn es den eigenen Sieg kostet.«

»Wie dem auch sei. Sie haben jetzt zwei Gegner im Nacken sitzen – und was für Gegner!«

»Auch ich besitze Sportsgeist. Aber mal ganz ehrlich: der eine zählt nicht.«

»Und der andere?«

»Holmes? Oh, ich gestehe, den nehme ich ernst. Aber das gerade erfüllt mich mit Leidenschaft, und deshalb sehen Sie mich so vergnügt. Zunächst ist es eine Sache der Eitelkeit: man meint, der berühmte Engländer sei gerade gut genug, um sich mit mir zu messen. Dann bedenken Sie, was es einem Kämpfer wie mir für Vergnügen bereiten kann, mit Holmes ein Duell auszufechten. Und außerdem werde ich mich nun gründlich zusammennehmen müssen, denn ich kenne den guten Mann aus vielen Berichten – er wird niemals zurückweichen.«

»Er ist also besonders tüchtig?«

»Mehr als das. Im Polizeidienst gab und gibt es nicht seinesgleichen. Nur habe ich ihm etwas voraus, nämlich den, dass er angreift, und ich mich verteidige. Meine Rolle ist leichter, außerdem …«

Er lächelte kaum merklich, dann sprach er seinen Satz zu Ende: »... außerdem kenne ich seine Art, sich zu schlagen, aber er kennt meine nicht. Und ich habe einige Hiebe für ihn in Petto, die ihm zu denken geben werden.«
Er trommelte leicht mit den Fingern auf den Tisch und ließ heiter einige Bemerkungen vom Stapel: »Arsène Lupin gegen Sherlock Holmes ... Frankreich gegen England ... Endlich Revanche für Trafalgar! ... Ach der Unglückliche, er ahnt nicht, dass ich schon vorbereitet bin ... und Lupin, der immer auf der Hut ist.«
Er unterbrach sich plötzlich, ein Hustenanfall schüttelte ihn, und er barg das Gesicht in seiner Serviette wie einer, der sich verschluckt hat.
»Ein Brotkrümel?«, fragte ich besorgt. »Trinken Sie doch etwas Wasser!«
»Nein, nein, das ist es nicht ...«, sagte er mit erstickter Stimme.
»... sondern was dann?«
»Bedürfnis nach frischer Luft.«
»Soll ich das Fenster öffnen?«
»Nein, ich muss dringend hinausgehen ... schnell, reichen Sie mir Hut und Mantel. Ich bücke mich so lange ...«
»Oh, was bedeutet das denn?«
»Die beiden Herren«, hauchte er, »die soeben den Speisesaal betreten haben ... Sie sehen den größeren von beiden? Beim Hinausgehen halten Sie sich freundlichst an meiner linken Seite, damit er mich nicht bemerkt.«

»Derjenige, der jetzt gerade hinter Ihnen Platz nimmt?«
»Ja, der ... aus persönlichen Gründen ziehe ich es vor ... ich erkläre Ihnen alles draußen.«
»Aber wer ist das denn?«
»Sherlock Holmes.«
Er gewann die Kontrolle über sich zurück, und sah mich an, als würde er sich seiner Aufregung schämen. Dann legte er seine Serviette beiseite, trank ein weiteres Glas Wasser und sagte, ganz wieder der Alte, lächelnd zu mir: »Ist das nicht komisch? Ich bin doch sonst nicht so leicht aufgeregt. Aber diese unvorhergesehene Situation ...«
»Was haben Sie denn zu befürchten? Es kann Sie doch bei Ihren fortwährenden Verwandlungen niemand so leicht erkennen. Selbst ich glaube jedes Mal, wenn ich Sie sehe, mit einem neuen Menschen zusammen zu sein.«
»Er wird mich erkennen«, sagte Arsène Lupin. »Er hat mich erst einmal gesehen, aber ich hatte das Gefühl, er sah mich fürs Leben – und sah nicht nur meine stets veränderte äußere Erscheinung, sondern mein innerstes Wesen ... Und dann ... und dann war ich gar nicht darauf gefasst ... Solch ein sonderbares Zusammentreffen, in diesem kleinen, unbedeutenden Restaurant.«
»Also«, sagte ich, »wir gehen also.«
»Nein ... nein.«
»Was wollen Sie tun?«
»Das Beste dürfte es sein, offen zu handeln und mich ihm anzuvertrauen.«

»Was fällt Ihnen ein? Sie denken doch nicht im Ernst daran ...«
»Doch, ich denke daran. Abgesehen davon, dass ich den Vorteil haben würde, ihn auszufragen, zu erfahren, was er weiß ... Doch halt, ich habe den Eindruck als ruhten seine Augen auf meinem Genick, auf meinen Schultern ... als suche er ... als erinnere er sich ...«
Er überlegte. Ich bemerkte in boshafte Lächeln um seine Mundwinkel. Und indem er mehr dem Impuls als der Notwendigkeit der Situation gehorchte, stand er plötzlich auf, machte kehrt, verbeugte sich und sagte mit heiterem Gesicht: »Nein, welch ein Zufall! Das nenne ich wahrhaftig ein Glück. Gestatten Sie, dass ich Ihnen einen Freund von mir vorstelle?«
Eine oder zwei Sekundenlang kam der Engländer ganz aus der Fassung. Dann machte er instinktiv eine Bewegung, wie um sich auf Arsène Lupin zu stürzen. Dieser schüttelte den Kopf.
»Sie täten Unrecht ... ganz abgesehen davon, dass die Geste nicht schön wäre ... und so zwecklos.«
Der Engländer sah sich nach rechts und links um, als ob er Hilfe suchte.
»Auch das nicht«, sagte Lupin. »Sind Sie denn überhaupt sicher, dass Sie Befugnis haben, Hand an mich zu legen? Nicht doch, zeigen Sie sich als guter Sportsman.«
Sich als guter Sportsman zu zeigen, war bei dieser Gelegenheit durchaus nicht verlockend. Trotzdem schien dieser Entschluss dem Englän-

der der beste zu sein. Denn er erhob sich steif und stellte kühl vor: »Mister Wilson, mein Freund und Mitarbeiter – Monsieur Arsène Lupin.«
Wilsons Überraschung rief Heiterkeit hervor. Seine hervorquellenden Augen und sein breiter, offen stehender Mund gingen wie zwei Striche durch das breite Gesicht, dessen Haut glänzend und straff war, wie die eines Apfels. Das Gesicht war umrahmt von bürstenförmig abstehenden Haaren und einem kurzen Bart aus dichten, wie Grashalme dastehenden Stoppeln.
»Wilson, Sie verbergen Ihr Staunen über die Wechselfälle des Lebens nicht gut genug«, spottete Sherlock Holmes.
Wilson stammelte: »Warum verhaften Sie ihn nicht?«
»Sie haben nicht bemerkt, dass dieser Gentleman zwischen der Tür und mir steht, und nur wenige Schritte von der Tür entfernt. Ich brauchte bloß den kleinen Finger zu rühren, und schon wäre er draußen.«
»Daran soll es nicht liegen«, sagte Lupin. Er ging um den Tisch herum und setzte sich so, dass nun der Engländer zwischen ihm und der Tür stand. Das hieß, er gab sich ganz in seine Gewalt.
Wilson sah Holmes an, wie um zu erfahren, ob er das Recht hätte, diesen kühnen Coup zu bewundern.
Der Engländer blieb undurchdringlich. Doch gleich darauf rief er: »Kellner!«
Der Kellner kam.

Holmes bestellte: »Sodawasser, Bier, Whiskey.«
Der Friede war unterzeichnet, bis auf Weiteres. Bald darauf plauderten und tranken wir alle vier an demselben Tisch.

***

Sherlock Holmes war ein Mann, wie man ihn täglich auf der Straße treffen kann. Fünfzig Jahre alt, sah er aus wie ein braver Spießbürger, der sein Leben in einem Büro mit Buchhaltung zubrachte. Nichts unterschied ihn von einem gewöhnlichen Londoner Bürger, weder seine rötlichen, gepflegten Koteletten, noch das rasierte Kinn.
Seine Erscheinung hatte etwas Behäbiges. Nichts war an ihm besonders, außer seinen furchtbar scharfen, lebhaften und durchdringenden Augen. Und dann war er eben Sherlock Holmes, also eine Institution, ein Phänomen an Beobachtung, Intuition, Hellsichtigkeit und Spürsinn. Mann konnte meinen, die Natur habe sich den Spaß erlaubt, sich die beiden außerordentlichsten Typen von Polizeidetektiven als Muster zu nehmen, die die Phantasie je hervorgebracht hat, nämlich den Dupin von Edgar Allan Poe und den Lecoq von Gabo riau, und dann daraus einen noch unwahrscheinlicheren zu konstruieren. Und man fragte sich wahrhaftig, wenn man von seinen Taten hörte, die ihn in der ganzen Welt berühmt gemacht hatten, man fragte sich, ob dieser Sherlock Holmes eine reale Person war oder lediglich ein dem Hirn

eines Romanciers entsprungener fabelhafter Held.
Sofort als Arsène Lupin nach der geplanten Dauer seines Aufenthalts fragte, lenkte er das Gespräch zurück auf sein eigentliches Gebiet: »Mein Aufenthalt hängt von Ihnen ab, Herr Lupin.«
»Oh«, rief lachend der Genannte, »wenn das von mir abhinge, dann würde ich Sie bitten, heute Abend wieder Ihr Dampfschiff zu besteigen.«
»Heute Abend ist etwas früh, aber ich hoffe auf nicht mehr als acht oder zehn Tage.«
»Haben Sie es denn so eilig?«
»Ich habe so viele laufende Untersuchungen, den Diebstahl bei der Anglo-Chinesischen Bank, die Entführung von Lady Ecclestone ... Was meinen Sie, Herr Lupin, glauben Sie, dass eine Woche genügen wird?«
»Reichlich, wenn Sie sich auf die Doppelaffäre mit dem blauen Diamanten beschränken. Das ist übrigens ein Zeitraum, den ich brauche, um meine Vorkehrungen zu treffen, falls die Lösung dieser Affäre Ihnen einen gewissen Vorteil mir gegenüber verschaffen sollte, der für meine Sicherheit gefährlich werden könnte.«
»Ja, aber«, sagte der Engländer, »ich rechne wohl damit, diese Vorteile innerhalb von acht oder zehn Tagen erlangen zu können.«
»Und mich vielleicht am elften inhaftieren zu lassen ...«
»Der zehnte wäre der allerletzte Termin.«
Lupin überlegte und wiegte den Kopf.

»Schwierig ... schwierig ...«
»Schwierig wohl, aber möglich, nein, sogar sicher ...«
»Absolut sicher«, ließ Wilson verlauten, der sich die lange Reihe der Maßnahmen vor Augen führte, die sein Chef ergreifen würde, und die untrüglich zum Erfolg führen mussten, so, wie sie das letztlich immer taten.
Sherlock Holmes lächelte.
»Wilson, der sich auf die kriminalistische Arbeit versteht, bestätigt es also.«
Dann fuhr er fort: »Es ist klar, dass ich nicht alle Trümpfe in der Hand haben kann, da es sich ja um eine schon einige Monate alte Angelegenheit handelt. Mir fehlen die Elemente einer frischen Untersuchung, die Indizien, auf die sich meine Überlegungen üblicherweise stützen ...«
»Zum Beispiel Schmutzflecke und Zigarettenasche«, ergänzte Wilson wichtigtuerisch.
»... doch neben den bedeutsamen Schlussfolgerungen Ganimards habe ich alle über diesen Gegenstand veröffentlichten Artikel zu meiner Verfügung, alle gesammelten Beobachtungen, und außerdem einige persönliche Gedanken über die Affäre.«
»Einige Ansichten, die uns teils durch Analysen, teils durch Hypothesen suggeriert wurden«, fügte Wilson bedeutsam hinzu.
»Wäre es indiskret«, sagte Arsène Lupin in jenem höflichen Ton, in dem er mit Holmes sprach, »wäre es indiskret, Sie zu fragen, welche allge-

meine Meinung Sie sich bisher zu bilden vermochten?«

Es war wirklich sehr reizvoll zu sehen, wie diese beiden Männer nebeneinander an demselben Tisch saßen und ernst und gewichtig miteinander diskutierten, wie wenn sie ein schwieriges Problem zu lösen oder sich über eine strittige Frage zu einigen gehabt hätten. Und sie erfreuten sich daran mit überlegener Ironie, beinahe wie zwei Kunstkenner.

Wilson war höchst vergnügt.

Sherlock stopfte langsam seine Pfeife, zündete sie an und sagte: »Ich glaube, die Angelegenheit ist unendlich einfacher, als sie es auf den ersten Blick scheint.«

»Viel einfacher, in der Tat«, ließ sich Wilson als getreues Echo vernehmen.

»Ich sage: die Angelegenheit, denn für mich gibt es nur eine. Die Ermordung des Barons d'Hautrec, die Geschichte mit dem Ring, und, nicht zu vergessen, das Geheimnis um die Nummer 514 der Serie 23, sind mir die verschiedenen Gesichter dessen, was man das Rätsel der blonden Dame nennen könnte. Es handelt sich nun nach meinem Dafürhalten ganz einfach darum, dieses Band zu finden, das diese drei Episoden derselben Geschichte verbindet, die Tatsache, welche die gemeinsame Handschrift beweist. Ganimard, dessen Urteil ein wenig oberflächlich ist, sieht diese Einheit in der Fähigkeit zu verschwinden, in der Möglichkeit, zu kommen und zu gehen, und dabei unsichtbar zu bleiben. Solch eine Inanspruchnahme des Übersinnlichen befriedigt mich nicht.«

»Wie also?«

»Also nach meiner Meinung«, sagte Holmes schlicht, »ist das Charakteristische an den drei Abenteuern Ihre offenbar klare, obwohl noch unbemerkte Absicht, die Affäre auf ein Gebiet zu fuhren, wie es im Voraus von Ihnen gewählt wurde. Es liegt darin Ihrerseits mehr als ein Plan, nämlich eine Notwendigkeit, eine *conditio sine qua non* des Gelingens.«

»Können Sie sich nicht auf näherliegende Details einlassen?«

»Mit Leichtigkeit. So ist es gleich zu Beginn Ihres Konfliktes mit Gerbois evident, dass Detinans Wohnung der von Ihnen gewählte Ort ist, also der unvermeidliche Ort der Zusammenkunft. Es gibt keinen Ort, der Ihnen sicherer schiene, so dass Sie dort der blonden Dame und dem Fräulein Gerbois ein, man möchte sagen, öffentliches Rendezvous geben.«

»Der Tochter des Professors«, präzisierte Wilson.

»Sprechen wir jetzt vom blauen Diamanten. Hatten Sie versucht, ihn sich anzueignen, seit er in den Besitz des Barons überging? Nein. Aber der Baron bezieht das Haus seines Bruders: Ein halbes Jahr darauf erscheint Antoinette Brehat und macht den ersten Versuch – der Diamant entgeht Ihnen, und man veranstaltet unter Reklame die Versteigerung im Hotel Drouot. Soll das eine freie

Versteigerung sein? Ist da der reichste Amateur sicher, das Kleinod zu erwerben? Keineswegs. In dem Augenblick, wo der Bankier Herschmann den Sieg davonzutragen scheint, spielt eine Dame ihm einen Drohbrief in die Hände, und die Gräfin von Crozon kauft unter dem Einfluss derselben Dame den Ring. Verschwindet er bald danach? Nein, Ihnen fehlen die Möglichkeiten dazu. Daher ein Zwischenspiel. Aber die Gräfin bezieht ihr Schloss. Darauf warteten Sie bloß. Der Ring verschwindet.«

»Um im Zahnpulver des Konsuls Bleichen wieder zum Vorschein zu kommen.«

»Höchst ungeschickt von mir!«, wandte Lupin ein.

»Aber ich bitte Sie!«, rief Sherlock, indem er mit der Hand auf den Tisch schlug. »Mir darf man doch nicht solche Märchen erzählen! Dummköpfe mögen meinetwegen darauf hereinfallen, aber nicht so ein alter Fuchs wie ich.«

»Was soll das heißen?«

»Das soll heißen ...« Holmes wartete ein Weilchen, wie um seine Wirkung vorzubereiten. Dann formulierte er: »Der blaue Diamant, den man im Zahnpulver fand, ist ein falscher Diamant; den echten haben Sie behalten.«

Arsène Lupin schwieg einen Augenblick, dann sagte er ganz schlicht, wobei er den Engländer mit seinem Blick fixierte: »Sie gehen aber forsch aufs Ziel los.«

»Nicht wahr, sehr forsch«, sagte Wilson, fast sprachlos vor Bewunderung.

»Ja«, bestätigte Lupin, »alles klärt sich auf, alles mit Sinn und Verstand. Nicht ein einziger von den Untersuchungsrichtern, nicht ein einziger von den Spezialberichterstattern, die diese Affäre mit Eifer verfolgten, ist der Wahrheit so nahegekommen. Das nenne ich ein wahres Wunder von Assoziationsvermögen und Logik.«

»Ach!«, sagte der Engländer, vom Lob eines solchen Kenners geschmeichelt, »es genügte, ruhig nachzudenken.«

»Es genügte, nachdenken zu können, und das können eben nur sehr wenige! Aber jetzt, wo das Feld der Mutmaßungen enger und das Terrain geebnet ist ...«

»Jawohl, jetzt brauche ich bloß noch zu ergründen, warum die drei Abenteuer sich in der Rue Clapeyron 25, in der Avenue Henri-Martin 134 und zwischen den Mauern des Schlosses Crozon abgespielt haben. Darauf kommt alles an. Alles Übrige ist doch ein Kinderspiel. Ist das nicht auch Ihre Meinung?«

»Ganz meine Meinung«

»Habe ich also in diesem Fall unrecht, wenn ich behaupte, Herr Lupin, dass in zehn Tagen mein Auftrag beendet sein wird?«

»Ja, in zehn Tagen wird Ihnen die ganze Wahrheit bekannt sein.«

»Und Sie werden verhaftet.«

»Nein!«

»Nein?«

»Damit ich verhaftet werde, bedarf es des Zusammentreffens so unwahrscheinlicher Umstände und einer Reihe so erstaunlicher Zufälle, dass ich diese Möglichkeit als unrealistisch ansehe.«

»Was weder widrige Umstände noch Zufälle vermögen, das wird der Wille und die Hartnäckigkeit eines Mannes zuwege bringen, Monsieur Lupin.«

»Falls der Wille und die Hartnäckigkeit eines anderen Mannes einer solchen Absicht nicht ein unüberwindbares Hindernis entgegensetzen, Mister Holmes.«

»Es gibt kein unüberwindliches Hindernis, Monsieur Lupin.«

Sie wechselten einen tiefen und kühnen Blick, aber in aller Ruhe und ohne jegliche Herausforderung. Es klang wie das Aneinanderklirren zweier Klingen, die gekreuzt werden, hell und klar.

»Mon Dieu!«, rief Lupin. »Endlich mal ein ernsthafter Gegner. Aber dieser seltene Vogel heißt auch *Sherlock Holmes*. Das wird ein Vergnügen.«

»Haben Sie denn keine Befürchtungen?«, fragte Wilson.

»Beinahe doch, Herr Wilson, und zum Beweis dafür«, sagte Lupin aufstehend, »will ich meine Vorbereitungen zum Rückzug etwas beschleunigen, sonst könnte ich ja leicht in meinem Schlupfwinkel aufgegriffen werden. Sagen wir also zehn Tage, Mister Holmes.«

»Zehn Tage. Heute haben wir Sonntag. Mittwoch in acht Tagen wird alles erledigt sein.«

»Und ich werde hinter Schloss und Riegel sitzen?«

»Ohne jeden Zweifel.«

»Sapperlot! Und ich freute mich so meines Lebens in Freiheit. Das wird nun alles anders werden. Jetzt kommt die Kehrseite der Medaille ... Auf Sonnenschein folgt Regen ... Jetzt gibt's nichts mehr zum Lachen. Adieu, die Herren.«

»Beeilen Sie sich«, sagte Wilson zuvorkommend diesem einen Menschen, dem Holmes sichtlich Achtung einflößte, »verlieren Sie keine Minute.«

»Nicht eine Minute, Herr Wilson, bloß noch die Zeit, Ihnen zu sagen, wie glücklich ich bin über diese Begegnung, und wie sehr ich den Meister dafür bewundere, dass er einen so schätzbaren Mitarbeiter wie Sie besitzt.«

Man grüßte sich höflich, wie auf dem Kampfplatz zwei Gegner, die kein Hass antreibt, sondern die das Schicksal zwingt, sich ohne Erbarmen zu schlagen. Und Lupin ergriff mich am Arm und zog mich hinaus auf die Straße.

»Was sagen Sie dazu, lieber Freund? Das ist eine Sache, die sich mit allem Drum und Dran sehr gut ausnehmen wird in meinen Memoiren, die Sie vorbereiten ...«

Er schloss die Tür des Restaurants und blieb nach einigen Schritten stehen.

»Sie rauchen?«

»Nein, aber Sie auch nicht, scheint mir.«

»Ich auch nicht.«

Er zündete sich eine Zigarette mit einem Streichholz an, das er mehrmals hin und her schwenkte, um es auszulöschen. Doch bald warf er die Zigarette weg, lief eilig über die Straße und traf dort zwei Männer, die wie auf ein Zeichen plötzlich beide aus dem Schatten auftauchten. Er unterhielt sich einige Minuten mit ihnen auf dem gegenüberliegenden Trottoir, dann kam er wieder zu mir.

»Ich bitte Sie um Entschuldigung, dieser verteufelte Holmes gibt mir eine harte Nuss zu knacken. Aber ich schwöre Ihnen, so leicht soll er nicht mit Lupin fertig werden ... Ha, der Kerl soll sehen, aus was für Holz ich geschnitzt bin ... Auf Wiedersehen ... Der hochgeschätzte Wilson hat recht, ich habe keine Minute zu verlieren.«

Er entfernte sich rasch.

So endete der seltsame Abend, oder wenigstens der Teil des Abends, an dem ich dabei war. Denn in den folgenden Stunden trugen sich noch sehr viele andere Ereignisse zu, welche die vertraulichen Mitteilungen meines Freundes und Tischgenossen mir glücklicherweise genau wiederzugeben gestatteten.

***

Im selben Augenblick, in dem Lupin mich verließ, zog Sherlock Holmes seine Uhr heraus und stand ebenfalls auf.

»Zwanzig vor neun. Um neun Uhr muss ich mich mit dem Grafen und der Gräfin auf dem Bahnhof treffen.«

»Vorwärts!«, rief Wilson, wobei er hintereinander

zwei Gläser Whisky hinunterstürzte, das eine von Holmes zurückgelassen, das andere von Lupin.

Sie gingen.

»Drehen Sie sich nicht um, Wilson, … vielleicht folgt man uns, in diesem Fall wollen wir so tun, als machten wir uns nichts daraus … Sagen Sie doch, Wilson was halten Sie davon: Warum war Lupin in diesem Restaurant?«

Wilson zögerte nicht: »Um zu essen.«

»Wilson, je mehr wir zusammenarbeiten, desto mehr bemerke ich Ihre beständigen Fortschritte. Mit einem Wort: Sie setzen mich in Erstauen.«

Im Schatten errötete Wilson vor Stolz, und Holmes fuhr fort: »Um zu essen, schön, und dann höchstwahrscheinlich, um sich zu vergewissern, ob ich zu den Crozons gehe, wie es Ganimard in seinem Interview voraussagte. Ich fahre also dorthin, um ihn nicht zu ärgern. Und da es sich darum handelt, einen Vorsprung an Zeit zu gewinnen … fahre ich nicht.«

»Ach?«, sagte Wilson erstaunt.

»Sie, lieber Freund, gehen diese Straße entlang, nehmen einen Wagen, wenn nötig zwei oder drei, kommen später zurück, um die Koffer zu holen, die wir im Gepäckraum am Bahnhof gelassen haben – und dann im Galopp zum Elysée-Palast.«

»Und im Elysée-Palast?«

»Verlangen Sie ein Zimmer, wo Sie wie ein Murmeltier schlafen und meine weiteren Instruktionen erwarten.«

Wilson ging, ganz stolz über die ihm anvertraute

wichtige Rolle. Sherlock Holmes kaufte eine Fahrkarte und begab sich zum Expresszug nach Amiens, in den der Graf und die Gräfin Crozon bereits eingestiegen waren. Er begnügte sich damit, sie zu begrüßen, zündete sich eine zweite Pfeife an und rauchte friedlich im Korridor stehend.
Der Zug setzte sich in Bewegung. Nach zehn Minuten nahm Holmes neben der Gräfin Platz und sagte: »Haben Sie den Ring da, Frau Gräfin?«
»Ja, hier ist er.«
»Seien Sie so freundlich und überlassen Sie ihn mir für einige Augenblicke.«
Er nahm den Ring und betrachtete ihn genau.
»Dachte ich's mir doch – es ist ein nachgemachter Diamant.«
»Ein nachgemachter Diamant?«
»Ein neues Verfahren. Es besteht darin, dass man Diamantstaub einer ungeheuer hohen Temperatur aussetzt, so dass er weich wird, und dann braucht man ihn bloß noch zu einem einzigen Stein zusammenzupressen. Sie erkennen das an den feinen Linien im Kristall.«
»Was? Mein Diamant ist aber echt.«
»Der Ihrige, ja; aber das ist nicht der Ihrige.«
»Wo ist denn dann meiner?«
»In Arsène Lupins Händen«
»Und wie komme ich zu dem?«
»Dieser hier wurde mit dem Ihrigen vertauscht und in den Flakon des Herrn Bleichen hineingeschmuggelt, wo Sie ihn auch fanden.«
»Er ist also falsch?«

»Absolut falsch.«
Sprachlos, bestürzt schwieg die Gräfin, während ihr Mann ungläubig das Kleinod im Licht in alle Richtungen drehte.
Sie stammelte schließlich: »Ist es die Möglichkeit! Warum hat man ihn denn nicht einfach gestohlen? Und wie hat man ihn mir weggenommen?«
»Gerade das will ich versuchen aufzuklären.«
»Im Schloss Crozon?«
»Nein, ich steige in Creil aus und kehre nach Paris zurück. Dort soll die Partie zwischen mir und Arsène Lupin gespielt werden. Die Stiche werden hier wie dort gelten; aber ich ziehe vor, dass Lupin mich auf Reisen glaubt.«
»Warum das?«
»Was kümmert Sie das, Frau Gräfin? Die Hauptsache ist doch Ihr Diamant, nicht wahr?«
»Ja sicher.«
»Nun, seien Sie beruhigt. Ich bin eben eine weit schwierigere Verpflichtung eingegangen. So wahr ich Sherlock Holmes bin – ich werde Ihnen den echten Diamanten zurückbringen.«
Der Zug fuhr langsamer. Er steckte den falschen Diamanten in seine Tasche und öffnete die Waggontur.
Der Graf rief: »Sie steigen auf der falschen Seite aus!«
»Auf diese Weise verliert Lupin, wenn er mich überwachen lässt, meine Spur. Adieu.«
Ein Bahnbeamter protestierte gegen das unbefugte Betreten der Gleise. Vergebens.

Der Engländer begab sich zum Büro des Stationsvorstehers. Fünfzig Minuten später stieg er in einen Zug, der ihn kurz vor Mitternacht nach Paris zurückbrachte.

Er eilte über den Bahnsteig, kehrte durch den Speiseraum zurück, ging durch eine andere Tür wieder hinaus und sprang in eine Mietdroschke.

»Kutscher, Rue Clapeyron!«

Nachdem er die Gewissheit erlangt hatte, dass man ihm nicht folgte, ließ er den Wagen am Anfang der Straße halten und sah sich Detinans Haus und die beiden Nachbarhäuser genau an. Mit Schritten maß er gewisse Entfernungen ab und machte sich Notizen.

»Kutscher, Avenue Henri-Martin!«

An der Ecke der Avenue und der Rue de la Pompe zahlte er den Wagen, ging bis zur Nr. 134 das Trottoir entlang und verfuhr in derselben Weise wieder vor dem alten Haus des Barons d'Hautrec und den beiden Grundstücken, die es einschließen, indem er die Breite der betreffenden Fassaden ausmaß, und die Tiefe der kleinen Gärten berechnete, die vor den Fassaden an der Straßenfront lagen.

Die Avenue war einsam und sehr dunkel unter den vier Baumreihen, zwischen denen in gewissen Abständen eine Gaslaterne vergebens gegen die dichte Finsternis anzukämpfen schien. Die eine von ihnen warf ein blasses Licht auf einen Teil des Palais, und Holmes sah ein Schild mit der Aufschrift »Zu vermieten!« an dem Gitter hängen.

Er sah auch die beiden ungepflegten Wege, die die kleine Rasenfläche umgaben, und die großen, nackten Fenster des unbewohnten Hauses.
»Ja«, sagte er bei sich, »seit dem Tod des Barons wohnen hier keine Mieter mehr ... Ach, wenn ich doch hineingehen und der Wohnung des alten Herrn einen kleinen Besuch abstatten könnte.«
Es genügte, dass diese Idee ihm durch den Kopf ging, um sie sofort ausführen zu wollen. Doch wie? Da die Höhe des Gitters jeden Versuch, es zu überklettern, unmöglich machte, zog er aus seiner Tasche eine elektrische Lampe und einen Dietrich, den er immer bei sich trug. Zu seiner großen Verwunderung bemerkte er dann, dass ein Flügel des Gittertors offen stand. Er schlich sich in den Garten und machte das Gitter sorgfältig zu, so dass es nicht ins Schloss fiel.
Doch kaum hatte er drei Schritte gemacht, blieb er stehen. An einem Fenster des zweiten Stockwerkes war ein Lichtschein vorübergehuscht.
Und dieser Schein ging auch an einem zweiten und dritten Fenster vorüber, ohne dass er etwas anderes bemerken konnte als eine Silhouette, die sich an den Zimmerwänden abzeichnete. Und von der zweiten Etage ging der Schein in die erste hinab und irrte dort lange von Raum zu Raum.
Wer zum Teufel wird um ein Uhr morgens in dem Haus spazieren gehen, in dem der Baron d'Hautrec getötet worden ist?, fragte sich Sherlock höchst neugierig.
Es gab nur ein Mittel, es zu erfahren, nämlich, in-

dem er selbst hineinging. Doch in dem Augenblick, als er durch den Garten ging, um das Haus zu betreten, musste der Unbekannte den Lichtstreifen bemerkt haben, den die Taschenlampe warf, denn der Schein drinnen erlosch plötzlich, und Holmes sah ihn nicht wieder.
Sachte drückte er auf die Klinke der Tür, zu der die Freitreppe heraufführte. Die Tür war gleichfalls offen. Da er kein Geräusch hörte, wagte er sich in die Dunkelheit, tastete nach dem Treppengeländer und stieg einen Stock hinauf. Und immer dasselbe Schweigen, dieselbe Finsternis.
Vom Treppenflur gelangte er in ein Zimmer und näherte sich dem Fenster, das die Finsternis ein wenig erhellte. Da bemerkte er draußen den Mann, der ohne Zweifel eine andere Treppe hinuntergestiegen sein musste und durch eine andere Tür hinausgelangt war. Der Mensch schlich sich an den Bäumen entlang, die an der Trennungsmauer zwischen beiden Gärten standen.
»Verdammt«, zischte Holmes, »er entwischt mir!«
Er eilte ein das Erdgeschoss und stieg die Freitreppe hinab, um dem Unbekannten den Rückzug abzuschneiden. Aber er sah niemanden mehr. Erst nach einigen Sekunden konnte er unter den dichten Bäumen eine noch dunklere Masse erkennen, die nicht ganz unbeweglich war.
Der Engländer überlegte.
Warum hatte der Mensch nicht versucht, zu fliehen, als er es noch leichter gekonnt hatte? Blieb er da, um auch seinerseits den Eindringling zu

überwachen, der ihn in seiner heimlichen Tätigkeit gestört hatte?

Jedenfalls, dachte er, *ist es nicht Lupin. Lupin würde geschickter sein. Es ist jemand von seiner Bande.*

Lange Minuten vergingen. Sherlock rührte sich nicht und richtete fest das Auge auf den Gegner, der nach ihm ausspähte. Da aber dieser Gegner sich jetzt auch nicht rührte, und der Engländer nicht der Mann war, untätig dazustehen, so prüfte er, ob die Trommel seines Revolvers funktionierte, zog den Dolch aus der Scheide und ging geradewegs auf den Feind los, mit jenem kalten Mut und jener Verachtung der Gefahr, die ihn so furchtbar machten.

Ein scharfes Knacken: der Mann spannte den Hahn seines Revolvers. Sherlock stürzte sich jäh in das Dickicht. Der andere hatte nicht die Zeit, sich umzudrehen, der Engländer hatte ihn bereits gepackt.

Ein heftiger, verzweifelter Kampf entspann sich, in dessen Verlauf Holmes merkte, wie der Mann Anstrengungen machte, seinerseits ein Messer zu ziehen.

Doch Holmes, den der Gedanke seines bevorstehenden Sieges sowie das leichtsinnige Verlangen anspornten, sich gleich zu Beginn eines Komplicen von Arsène Lupin zu bemächtigen, fühlte eine überlegene Kraft in sich. Er warf seinen Gegner zu Boden, drückte ihn mit der ganzen Schwere seines Körpers nieder und machte ihn benom-

men, indem er seine fünf Finger wie die Zähne einer Säge in seine Kehle grub.
Dann holte er mit der freien Hand seine elektrische Taschenlampe hervor, drückte auf den Knopf und warf den vollen Lichtschein auf den Kopf seines Gefangenen.
»Wilson!«, schrie er erschrocken.
»Sherlock Holmes!«, stammelte erstickt eine dünne Stimme.
Sie blieben lange einer an den andern geklammert, erschöpft, ohne ein Wort zu wechseln. Das Hupen eines Automobils drang schrill die Straße herauf. Etwas Wind bewegte die Blätter. Holmes rührte sich nicht. Seine fünf Finger umklammerten noch immer die Kehle Wilsons, der zunehmend schwächer röchelte.
Aber plötzlich kam eine Wut über Sherlock. Er ließ einen Augenblick seinen Freund los, aber nur, um ihn um so fester an den Schultern zu packen und ihn zu schütteln.
»Was tun Sie hier? Antworten Sie ... Was? ... Habe ich Ihnen vielleicht gesagt, Sie sollen sich hier ins Dickicht schleichen und mich ausspionieren?«
»Sie ausspionieren!«, seufzte Wilson. »Aber ich wusste ja nicht, dass Sie es waren.«
»Also, was? Was tun Sie hier? Sie sollten doch im Bett liegen.«
»Ich habe mich ja ins Bett gelegt.«
»Sie sollten schlafen.«
»Ich habe geschlafen.«
»Sie sollten nicht aufwachen.«

»Ihre Nachricht ...«
»Meine Nachricht ...?«
»Ja, die ein Dienstmann mir von Ihnen ins Hotel brachte.«
»Von mir? Sind Sie verrückt?«
»Ich schwöre es Ihnen.«
»Wo ist der Zettel?«
Sein Freund reichte ihm ein Blatt Papier. Beim Schein der Laterne las er erstaunt: »Wilson, raus aus dem Bett und schnell in die Avenue Henri-Martin. Das Haus ist leer. Gehen Sie hinein, inspizieren Sie es, machen Sie einen genauen Plan und legen Sie sich dann wieder zu Bett. Sherlock Holmes.«
»Ich war gerade dabei, die Zimmer auszumessen«, sagte Wilson, »als ich einen verdächtigen Schatten im Garten bemerkte. Ich hatte nur einen Gedanken ...«
»... sich des Schattens zu bemächtigen. Der Gedanke war ausgezeichnet. Nur sehen Sie«, sagte Holmes, indem er seinem Freund beim Aufstehen behilflich war, »wenn Sie wieder einen Brief von mir bekommen, Wilson, dann überzeugen Sie sich gefälligst erst, ob meine Handschrift nicht nachgemacht ist.«
»Also«, sagte Wilson, der jetzt erst anfing, die Wahrheit zu begreifen, »der Brief ist gar nicht von Ihnen?«
»Natürlich nicht!«
»Von wem dann?«
»Von Arsène Lupin.«

»Aber zu welchem Zweck hat er ihn geschrieben?«
»Genau das weiß ich nicht. Und das ist es eben, was mich beunruhigt. Warum, zum Teufel, hat er sich die Mühe gemacht, Sie zu stören? Wenn es sich wenigstens um mich handelte, würde ich es eher begreifen; aber es handelte sich nur um Sie. Und ich frage mich, welches Interesse ...«
»Ich muss schnell wieder ins Hotel zurück.«
»Ich auch, Wilson.«
Sie kamen ans Gitter. Wilson, der vorausging, ergriff die Eisenstangen und zog daran.
»Hoppla«, sagte er. »Sie haben zugeschlossen.«
»Ich? – Keineswegs, ich habe die Tür angelehnt gelassen.«
»Dennoch ...«
Sherlock zog nun seinerseits am Gitter. Dann stürzte er erschreckt auf das Schloss zu. Ein Fluch entschlüpfte ihm.
»Himmeldonnerwetter ... es ist abgeschlossen! Mit dem Schlüssel abgeschlossen!«
Er rüttelte mit voller Kraft an der Tür, dann, die Nutzlosigkeit seiner Anstrengungen erkennend, ließ er die Arme sinken und sagte mit stockender Stimme: »Jetzt verstehe alles. Das war Lupin! Er hat vorausgesehen, dass ich in Creil aussteigen würde und hat mir hier eine hübsche Falle gestellt, für den Fall, dass ich heute Abend noch mit meinen Nachforschungen beginne. Außerdem war er so nett, mir einen Gefährten für die Gefangenschaft zu schicken. Er tat das alles, damit ich

einen Tag verliere, und ohne jeden Zweifel auch, um mir zu beweisen, dass ich besser daran tun würde, mich um meine Angelegenheiten zu kümmern.«

»Wir sind also gewissermaßen seine Gefangenen.«

»Das ist das richtige Wort. Sherlock Holmes und Wilson sind die Gefangenen Arsène Lupins. Das Abenteuer fängt ja wunderbar an. Doch nein, nein, es darf nicht sein.«

Eine Hand legte sich auf seine Schulter.

Es war Wilsons Hand.

»Da oben … Sehen Sie, da oben ein Licht, ein Licht.«

Tatsächlich war ein Fenster der ersten Etage beleuchtet.

Sie liefen beide eiligst hinauf, jeder auf einer anderen Treppe, und trafen gleichzeitig am Eingang des hell erleuchteten Zimmers ein. Inmitten des Raumes brannte eine Kerze. Daneben stand ein Korb, und aus dem Korb ragten der Hals einer Flasche, die Schenkel eines Brathuhns und ein Baguette hervor, alles adrett in ein weißes Tuch eingeschlagen.

Holmes brach in ein lautes Lachen aus.

»Wundervoll, man bietet uns ein Souper an. Das ist ein Zauberpalast. Eine Feengeschichte. Vorwärts, Wilson, machen Sie nicht so eine Begräbnismiene. Schauen Sie mal, ob zu der Flasche auch zwei Gläser da sind. Das ist doch höchst drollig.«

»Sind Sie sicher, dass das höchst drollig ist?«, seufzte Wilson düster.
»Und ob ich dessen sicher bin!«, rief Holmes mit einer Heiterkeit, die ein wenig zu lärmend war, um natürlich zu klingen: »Das heißt, ich habe wenigstens nie etwas Drolligeres gesehen. Das ist unendlich komisch. Was für ein Meister der Ironie ist doch dieser Lupin! ... Er legt einen mit solch einer Grazie herein! Für alles Geld der Welt würde ich meinen Platz bei diesem Festspiel nicht verkaufen ... Wilson, alter Freund, ich ärgere mich über Sie. Sollte ich mich etwa getäuscht haben, und sollten Sie am Ende nicht jene Noblesse des Charakters besitzen, die das Ertragen des Unglücks erleichtert? Worüber beklagen Sie sich denn? Sie könnten jetzt meinen Dolch in Ihrer Kehle sitzen haben ... Oder ich Ihren in meiner ... Denn auf solch ein Abenteuer waren Sie ja aus, schlimmer Freund.«
Mithilfe seines Humors und seines Spottes gelang es ihm, dem armen Wilson wieder Mut zu machen und ihn zu bewegen, einen Hühnerschenkel und ein Glas Wein zu sich zu nehmen. Als aber die Kerze niedergebrannt war, als sie sich auf dem nackten Parkettboden ausstrecken mussten, um zu schlafen und die Arme als Kopfkissen benutzten, kam ihnen das Peinliche und Lächerliche ihrer Lage wieder voll zum Bewusstsein. Ihr Schlummer war kein angenehmer.
Am Morgen erwachte Wilson krumm und lahm und halb erfroren. Ein leichtes Geräusch zog sei-

ne Aufmerksamkeit auf sich. Sherlock Holmes, zusammengekauert und auf den Knien, betrachtete mit der Lupe Staubkörnchen und entzifferte weiße Kreidezeichen, die fast verwischt waren und Ziffern darstellten. Diese Ziffern schrieb er in sein Notizbuch.

In Wilsons Begleitung, den diese Arbeit ganz besonders interessierte, studierte er jedes Zimmer und konstatierte in zwei anderen dieselben Kreidezeichen. Er bemerkte ebenfalls zwei Kreise auf der eichenen Vertäfelung, einen Pfeil auf dem Sims und vier Ziffern auf vier Stufen der Treppe.

Nach einer Stunde sagte Wilson zu ihm: »Die Ziffern sind genau, nicht wahr?«

»Genau – das weiß ich nicht«, antwortete Sherlock Holmes, dem diese Entdeckungen vollends seine gute Laune wiedergegeben hatten. »Jedenfalls haben sie etwas zu bedeuten.«

»Etwas sehr Klares«, sagte Wilson. »Sie stellen die Zahl der Parkettfußbodenplatten dar.«

»Ah!«

»Ja. Was die beiden Kreise anbetrifft, so bedeuten sie, dass die Täfelungen hier noch unvollständig sind, und der Pfeil geht in die Richtung, in der die Täfelungsarbeit weitergeführt werden wird.«

Sherlock Holmes staunte ihn verwundert an.

»Ach! Aber, bester Freund, wie können Sie das alles wissen? Ihre Hellseherei beschämt mich fast.«

»Oh, das ist sehr einfach«, sagte Wilson mit freudigem Stolz. »Ich selbst habe gestern Abend nach Ihren Instruktionen die Zeichen gemacht … Oder vielmehr nach den Instruktionen Lupins, da ja der Brief von ihm ist.«

Vermutlich schwebte Wilson in diesem Augenblick in einer schrecklicheren Lage als während seines Kampfes mit Holmes am Abend. Dieser bekam nämlich eine wilde, unbändige Lust, ihn auf der Stelle zu erdrosseln. Er beherrschte sich mühsam und schwer atmend, schnitt eine Grimasse, die ein Lächeln sein sollte, und sprach: »Ausgezeichnet, ausgezeichnet! Eine vortreffliche Leistung, die uns sehr gut vorwärtsbringt. Ihre wunderbare Fähigkeit zur Analyse und Beobachtung hat sich vielleicht noch in anderer Beziehung geäußert? Ich möchte gern die erzielten Resultate kennenlernen.«

»Das nicht. Ich habe es dabei bewenden lassen.«

»Schade! Der Anfang war vielversprechend. Doch da dem so ist, haben wir nichts anderes zu tun als fortzugehen.«

»Fortgehen! Und wie?«

»Auf die gewohnte Weise der anständigen Leute: Durch die Tür.«

»Sie ist geschlossen.«

»Man wird sie uns öffnen.«

»Wer?«

»Rufen Sie gefälligst die beiden Schutzleute herbei, die in der Avenue postiert sind.«

»Ja, aber ...«

»Was aber?«

»Das ist sehr demütigend ... Was werden die Leute sagen, wenn sie erfahren, dass Sherlock Hol-

mes und ich, Wilson, Gefangene Arsène Lupins gewesen sind?«
»Was glauben Sie, lieber Freund – man wird sich vor Lachen den Bauch halten!«, antwortete Sherlock Holmes im trockenen Ton und mit verzerrtem Gesicht. »Aber wir können in diesem Haus nicht dauerhaft bleiben, nur um dem Spott zu entgehen.«
»Und Sie versuchen nichts?«
»Nichts.«
»Aber der Mensch, der uns den Korb mit den Vorräten gebracht hat, ist weder bei seiner Ankunft, noch bei seinem Weggang durch den Garten gekommen. Es existiert also ein zweiter Ausgang. Suchen wir diesen Ausgang, dann werden wir es nicht nötig haben, die Hilfe der Polizei in Anspruch zu nehmen.«
»Sie sind ein Genie, Wilson. Nur vergessen Sie, dass diesen Ausgang die gesamte Polizei von Paris seit einem halben Jahr gesucht hat, und ich selbst, während Sie schliefen, habe das Haus von oben bis unten durchforscht. Ach, mein guter Wilson, Arsène Lupin ist ein Wild, das zu jagen wir nicht gewohnt sind. Es lässt keine Spuren zurück.«

***

Um elf Uhr wurden Sherlock Holmes und Wilson befreit, nachdem sie durch lautes Rufen auf sich aufmerksam gemacht hatten. Sie wurden auf die nächste Polizeiwache gebracht, wo der Kommissar sie nach kurzem Verhör und mit einer aufgesetzten Höflichkeit entließ, die sie zur Verzweiflung brachte.

»Was Ihnen da passiert ist, tut mir außerordentlich leid, meine Herren. Sie werden einen traurigen Begriff von der französischen Gastfreundlichkeit bekommen haben. Mein lieber Gott, was müssen Sie für eine Nacht zugebracht haben. Nein, dieser Lupin ist wirklich ein ganz respektloser Mensch. Ein richtiger Schurke.«

Ein Wagen brachte sie zum Elysée-Palast. Am Empfang verlangte Wilson den Zimmerschlüssel. Nach einigem Suchen sagte der Hotelmitarbeiter verwundert: »Aber mein Herr, Sie haben dieses Zimmer ja bereits aufgegeben.«

»Ich? Wie denn?«

»In dem Brief von heute Morgen, den Ihr Freund uns überbrachte.«

»Was für ein Freund?«

»Der Herr, der uns Ihren Brief brachte. Warten Sie, Ihre Visitenkarte liegt ja bei. Hier ist sie.«

Wilson nahm Brief und Karte. Es war wirklich eine Visitenkarte von ihm, und der Brief zeigte seine Handschrift.

»Gerechter Gott«, murmelte er, »wieder so ein schlimmer Streich!« Und sorgenvoll fügte er hinzu: »Und das Gepäck?«

»Ja, das hat Ihr Freund mitgenommen.«

»So? Und Sie haben es ihm gegeben?«

»Gewiss, Ihre Karte gab uns das Recht dazu.«

»Allerdings ... allerdings ...«
Sie begaben sich beide schweigend und langsam aufs Geratewohl auf die Champs-Elysées. Ein schöner Herbstsonnenschein leuchtete über der Avenue. Die Luft war mild und leicht.
Am Rond-Point zündete sich Sherlock seine Pfeife an, ging dann weiter, und Wilson rief: »Ich verstehe Sie nicht, Holmes, Sie besitzen eine Ruhe! Man macht sich über Sie lustig, man spielt mit Ihnen wie die Katze mit der Maus – und Sie sagen kein Wort dazu?«
Holmes blieb stehen und sprach: »Wilson, ich denke an Ihre Visitenkarte.«
»Ja und?«
»Nun, da hat ein Mensch, in Voraussicht der Möglichkeit eines Kampfes mit uns, sich Proben meiner und Ihrer Handschrift verschafft und ist für alle Fälle mit einer Visitenkarte von Ihnen versehen. Denken Sie daran, was das für Vorsicht, für Scharfsinn und Organisationstalent bedeutet.«
»Was wollen Sie damit sagen?«
»Damit will ich sagen, Wilson, dass, um einen so schrecklich bewaffneten, so wunderbar vorbereiteten Feind zu bekämpfen, man ... man jemand wie ich sein muss. Und außerdem, Wilson, wie Sie sehen«, fügte er lächelnd hinzu, »hat man nicht gleich in der ersten Runde Glück.«
Um sechs Uhr veröffentlichte das »Echo de Paris« in seiner Abendausgabe folgende Meldung: »Heute früh befreite Wachtmeister Therard vom Polizeikommissar im 16. Arrondissement, die Herren

Holmes und Wilson, die auf Veranlassung von Arsène Lupin im Palais des verstorbenen Barons d'Hautrec eingeschlossen wurden, wo sie eine geruhsame Nacht verbrachten. Da sie überdies um ihr Gepäck erleichtert wurden, haben sie eine Klage gegen Arsène Lupin angestrengt. Arsène Lupin, der sich dieses Mal damit begnügte, ihnen eine kleine Lektion zu erteilen, bittet sie, ihn nicht zu ernsteren Maßnahmen zu zwingen.«

»Bah«, sagte Sherlock Holmes, wobei er die Zeitung zerknüllte. »Nichts als Gassenjungenstreiche! Das ist der einzige Vorwurf, den ich Lupin zu machen habe – zu viele Kindereien. Das Publikum bedeutet ihm zu viel. Es steckt etwas von einem Straßenbengel in dem Mann.«

»Also, Sherlock, sind Sie immer noch so ruhig?«

»Immer noch so ruhig«, versetzte Holmes in einem Ton, worin ein schrecklicher Zorn grollte. »Warum soll ich mich aufregen? Ich bin zu sicher, dass ich das letzte Wort haben werde.«

Ein Licht in der Dunkelheit

Wie gut auch der Charakter eines Mannes equilibriert sei – und Holmes gehörte zu jenen Menschen, über die das Unglück keine Gewalt hat –, so gibt es doch Umstände, wo selbst der Unerschrockenste das Bedürfnis empfindet, seine Kräfte zu sammeln, bevor er sich von neuem aufs ungewisse in den Kampf begibt.

»Ich mache heute einen Tag Urlaub«, sagte er.

»Und ich?«

»Sie, Wilson, werden Kleidungsstücke und Wäsche kaufen, um uns wieder mit Garderobe zu versehen. Während der Zeit ruhe mich ich aus.«

»Ruhen Sie, Holmes, ich wache.«

Wilson sprach diese beiden Worte mit der Wichtigkeit einer Schildwache, die auf einem Vorposten steht und folglich den schlimmsten Gefahren ausgesetzt ist. Sein Körper reckte sich. Seine Muskeln dehnten sich. Mit scharfem Auge prüfte er den Raum des kleinen Hotelzimmers, wo sie sich eingemietet hatten.

»Wachen Sie, Wilson. Ich werde meine Zeit nutzen, um einen Schlachtplan auszuarbeiten, der gegenüber einem Feind, wie wir ihn zu bekämpfen haben, geeigneter ist. Sehen Sie, Wilson, wir haben uns in Lupin getäuscht. Man muss die Sache noch einmal von vorne anfangen.«

»Wenn möglich, sogar noch mehr als von vorne. Doch haben wir auch Zeit?«

»Neun Tage, alter Kamerad, also fünf zu viel.«

Den ganzen Nachmittag brachte der Engländer mit Rauchen und mit Schlafen zu.
Erst am folgenden Tag begann er seine Vorkehrungen.
»Wilson, ich bin bereit, jetzt wollen wir marschieren.«
»Marschieren wir!«, rief Wilson voll martialischem Eifer. »Ich gestehe, dass es mich förmlich kribbelt in den Beinen.«
Holmes führte drei lange Gespräche, zuerst mit Detinan, dessen Wohnung er bis in die geringsten Details studierte, mit Susanne Gerbois, der er telegrafiert hatte und die er über die blonde Dame ausfragte, und schließlich mit der Schwester Auguste, die sich seit der Ermordung des Barons d'Hautrec in ihr Visitandinerinnen-Kloster zurückgezogen hatte.
Bei jedem Besuch wartete Wilson draußen, und jedes Mal fragte er: »Zufrieden?«
»Sehr zufrieden.«
»Ich war mir sicher, wir sind auf dem richtigen Weg. Marschieren wir!«
Sie marschierten viel. Sie durchsuchten die beiden Grundstücke, die das Haus in der Avenue Henri-Martin einschließen, daraufhin gingen sie zur Rue Elapeyron, und während er die Fassade der Nummer 25 genau betrachtete, sagte Holmes: »Es ist klar, dass es geheime Verbindungen zwischen all diesen Häusern gibt ... Was ich aber nicht begreife, ist ...«
Im Innersten seines Herzens und zum ersten Mal

zweifelte Wilson an der Allmacht seines genialen Freundes. – Warum sprach er so viel und handelte so wenig?
»Warum?«, rief Holmes, indem er auf die geheimen Gedanken Wilsons antwortete.
»Weil man bei diesem Teufelskerl, dem Lupin, ins Blaue hinein und aufs Geratewohl arbeitet und weil man, anstatt aus präzisen Tatsachen die Wahrheit herauszufinden, sie sich aus dem eigenen Gehirn ziehen muss, um hinterher zu prüfen, ob sie auch mit den Gegebenheiten übereinstimmt.«
»Ja, aber die geheimen Verbindungen?«
»Na ja, und? Selbst wenn ich sie kennen würde, selbst wenn ich die geheime Verbindung kenne, die Lupsin gestattete, bei seinem Advokaten einzutreten, oder die, welche die blonde Dame nach dem Mord des Barons d'Hautrec benutzte, was wäre mir damit gedient? Würde mir das Waffen in die Hand geben, um ihn anzugreifen?«
»Immerhin greifen wir ihn an!«, rief Wilson.
Er hatte diese Worte kaum gesprochen, als er zurücktaumelte. Es war soeben etwas neben ihren Füßen auf dem Pflaster aufgeschlagen – ein zur Hälfte mit Sand gefüllter Sack, der sie hätte schwer verwunden können.
Holmes schaute nach oben.
Maurer arbeiteten auf einem Gerüst, das an dem Balkon des fünften Stockes befestigt war.
»Na, wir haben Glück!«, rief er, »Einen Schritt weiter, und wir hätten den Sack eines dieser Töl-

pel auf den Schädel bekommen. Man möchte wahrhaftig meinen ...«

Er unterbrach sich, sprang auf das Haus zu, rannte die fünf Stockwerke hinauf, klingelte, drang zum großen Schreck des Dieners in die Wohnung ein und rannte auf den Balkon. Niemand war da.

»Die Arbeiter, die da auf dem Gerüst waren ...?«, sagte er zu dem Diener.

»Sind eben fortgegangen.«

»Auf welchem Weg?«

»Nun, über die Hintertreppe.«

Holmes beugte sich über den Balkon. Er sah zwei Männer mit Fahrrädern aus dem Haus treten. Sie stiegen auf und verschwanden.

»Arbeiten sie schon lange auf diesem Gerüst?«

»Die da? Erst seit heute Morgen. Es waren neue.«

Holmes traf sich wieder mit Wilson. Sie kehrten melancholisch heim, und dieser zweite Tag endete in düsterem Schweigen.

***

Am folgenden Tag dasselbe Programm. Sie setzten sich auf dieselbe Bank der Avenue Henri-Martin, und nun erfolgte, zur großen Verzweiflung Wilsons, der sich durchaus nicht amüsierte, eine unendlich langweilige Observation der drei Grundstücke.

»Worauf hoffen Sie eigentlich, Holmes? Etwa dass Lupin aus einem der Häuser herauskommt?«

»Nein.«

»Dass die blonde Dame erscheint?«
»Nein.«
»Also?«
»Also, ich hoffe, dass eine Kleinigkeit passiert, eine ganz geringe Kleinigkeit, die mir als Ausgangspunkt dienen soll.«
»Und wenn sie nicht passiert?«
»In dem Fall wird etwas in mir passieren, ein Funke wird auftauchen, der das Pulver zum Explodieren bringt.«
Eine einzige Begebenheit unterbrach die Eintönigkeit dieses Vormittags; sie war aber unangenehmer Art. Das Pferd eines Herrn, der den Reitweg zwischen beiden Fahrbahnen der Avenue entlang ritt, strauchelte und stieß gegen die Bank, auf der die beiden englischen Detektive saßen, so dass es mit dem Hinterteil Holmes' Schulter streifte.
»He!«, rief dieser. »Ein bisschen mehr noch, und ich hätte eine gebrochene Schulter!«
Der Herr bemühte sich, sein Pferd zu bändigen.
Der Engländer zog seinen Revolver und zielte, aber Wilson fiel ihm rasch in den Arm.
»Sind Sie verrückt, Sherlock! Was soll denn das! Wollen Sie diesen Gentleman töten und dafür in einem Pariser Gefängnis verrotten?«
»Lassen Sie mich doch, Wilson, lassen Sie mich los!«
Ein Kampf begann, während der Herr sein Pferd unter Kontrolle brachte und ihm die Sporen gab.
»So, jetzt können Sie schießen!«, rief Wilson tri-

umphierend, als der Reiter in einiger Entfernung war.
»Aber Sie doppelt und dreifacher Dummkopf, begreifen Sie denn nicht, dass das ein Komplize Arsène Lupins war, und das ganz ein absichtlicher Angriff?«
Holmes zitterte vor Wut. Wilson stammelte mit jämmerlicher Miene: »Was sagen Sie? Dieser Gentleman?«
»Ein Komplize Lupins, ebenso wie die Arbeiter, die den Sack nach unseren Köpfen geschleudert haben.«
»Wie kann das sein?«
»Könnte sein oder nicht – es gab ein Mittel, dies zu beweisen.«
»Indem man den Gentleman tötete?«
»Indem man einfach sein Pferd niederschießt und ihn ergreift. Ohne Sie hätte ich jetzt einen der Komplizen Lupins. Sehen Sie jetzt Ihre Dummheit ein?«
»Schon ... aber das arme Tier ...!«

***

Der Nachmittag verlief recht brummig. Die beiden berühmten Detektive sprachen miteinander kein Wort. Um fünf Uhr, als sie die Rue Elapeyron entlang gingen, wobei sie sich sorgsam von den Häusern entfernt hielten, rempelten drei junge Arbeiter, die singend Arm in Arm daherkamen, sie an und wollten ihren Weg fortsetzen, ohne

Platz zu machen. Holmes, der bei schlechter Laune war, widersetzte sich dem. Es gab einen kurzen Zusammenstoß.
Holmes stellte sich in Boxerpositur, versetzte dem Einen einen Faustschlag gegen die Brust, einem Anderen einen ins Gesicht und verletzte so zwei von den drei jungen Bursche, die sich darauf hin rasch und klaglos entfernten.
»Ha!«, rief er. »Das hat gutgetan. So eine Bewegung brauchte ich für meine Nerven. Eine ausgezeichnete Übung.«
Doch da er Wilson sich an die Mauer lehnen sah, sagte er zu ihm: »Holla, was ist denn, alter Kamerad? Sie sind ganz blass?«
Der alte Kamerad zeigte seinen Arm, der ganz schlaff herabhing, und stammelte: »Ich weiß nicht, was ich habe ... einen Schmerz im Arm.«
»Einen Schmerz im Arm? Tut es sehr weh?«
»Ja, ja, der rechte.«
Trotz aller Anstrengungen konnte er den Arm nicht bewegen. Sherlock befühlte den Arm, erst sanft, dann kräftiger, um, wie er sagte, *den Grad des Schmerzes zu erfahren.*
Als Wilson laut aufschrie, war er doch so beunruhigt, dass er mit ihm in eine nahe Apotheke ging, wo Wilson ohnmächtig wurde. Der Apotheker und seine Gehilfen bemühten sich um ihn. Man stellte fest, dass der Arm gebrochen war, und sprach von Chirurgen, von Operation und Krankenhaus. Man entkleidete den Patienten, der dabei vor Schmerzen erneut zu schreien begann.

»Ruhig, nur ruhig, so ist's gut«, sagte Holmes, der ihm den Arm hielt. »Ein bisschen Geduld, alter Kamerad. In fünf oder sechs Wochen ist die Sache wieder geheilt … Aber, das sollen sie mir teuer bezahlen, die Schurken! Sie verstehen mich schon … Er besonders, denn das ist wieder der unglückselige Lupin, der den Schlag geführt hat … Ha, ich schwöre Ihnen, wenn jemals …«
Er unterbrach sich plötzlich und ließ den Arm los, was Wilson einen derartigen Schmerz verursachte, dass der Ärmste von neuem ohnmächtig wurde. Während Wilson leise in sich zusammensackte, schlug sich Holmes an die Stirn und rief: »Wilson, ich habe eine Idee – kann das denn bloß ein Zufall sein?«
Er rührte sich nicht und murmelte mit starren Augen einige Phrasen vor sich hin.
»Ja, ja, so ist es, alles würde sich erklären. Man sucht immer in der Ferne, was so nahe liegt … Alle Wetter, ich wusste ja, man muss nur nachdenken … Ach, mein guter Wilson, ich glaube, Sie werden zufrieden sein.«
Er ließ den alten Kameraden im Stich, rannte auf die Straße und eilte zur Hausnummer 22.
Rechts über der Tür war folgende Inschrift in den Stein gehauen: »Destange, Architekt, 1875.«
Bei der Hausnummer 33 stand dieselbe Inschrift.
Bis hierher war das nichts Ungewöhnliches; aber was würde er in der Rue Henri-Martin lesen?
Eine Droschke fuhr vorüber. »Kutscher! Avenue Henri-Martin 134, aber schnell!«

Im Wagen stehend, trieb er das Pferd durch Zurufe an und versprach dem Kutscher beachtliche Trinkgelder. »Schneller! Noch schneller!«
Was für Angst er ausstand an der Biegung der Rue de la Pompe! Hatte er ein wenig von der Wahrheit geahnt? Auf einem Stein des Hauses waren die Worte eingemeißelt: »Destange, Architekt. 1874.«
Auf den benachbarten Grundstücken dieselbe Inschrift: »Destange, Architekt. 1874«

***

Die Wirkung dieser Entdeckung war so groß, dass er sich einige Minuten zitternd vor Freude in den Fond des Wagens zurücklehnen musste. Endlich flackerte ein wenig Licht inmitten der Dunkelheit! Mitten in dem dunklen Wald, in dem sich tausend Pfade kreuzten, fand er das erste Anzeichen einer vom Feind eingeschlagenen Spur. Auf einem Postamt ließ er sich mit Schloss Crozon telefonisch verbinden. Die Gräfin war selbst am Hörer.
»Hallo … Sind Sie es, gnädige Frau?«
»Herr Holmes, nicht wahr? Wie steht die Sache?«
»Sehr gut, doch sagen Sie mir in aller Eile … Hallo! Nur noch ein Wort!«
»Ich höre!«
»Schloss Crozon ist *wann* erbaut worden?«
»Vor dreißig Jahren ist es niedergebrannt und wieder aufgebaut worden.«

»Von wem und in welchem Jahr?«
»Eine Inschrift über der Tür der Freitreppe besagt: Lucien Destange, Architekt. 1877.«
»Besten Dank, Frau Gräfin, ich empfehle mich.«
Er murmelte: »Destange, Lucien Destange, der Name ist mir nicht unbekannt.«
Er bemerkte in der Nähe einen öffentlichen Lesesaal, schlug das ausliegende biographische Lexikon auf und strich den Artikel an: »Lucien Destange, geboren 1840, großer Preis von Rom, Offizier der Ehrenlegion, Verfasser sehr geschätzter Schriften über Architektur, usw.«
Hierauf begab er sich in die Apotheke und von da in das Krankenhaus, wohin man Wilson inzwischen gebracht hatte. Auf seinem Leidensbett, den Arm in einem Gipsverband, verwirrten von starken Schmerzmitteln, phantasierte der alte Kamerad.
»Sieg! Sieg!«, rief Holmes. »Ich habe das eine Ende des Fadens!«
»Was für einen Faden? Den der Ariadne? Fürchten Sie den Minotaurus nicht?«
»Den Faden, der mich zum Ziele führen wird! Ich stehe jetzt auf sicherer Grundlage, auf der es Spuren und Zeichen gibt.«
»Zigarettenasche?«, fragte Wilson, den das Interesse an der Situation wieder klar im Kopf werden ließ.
»Nein, ganz andere Dinge. Denken Sie nur, Wilson, ich habe das geheimnisvolle Band gelöst, das die verschiedenen Abenteuer der blonden Dame

miteinander verbindet. Warum wurden die drei Wohnungen, in denen sich die drei Vorfälle abspielten, von Lupin gewählt?«

»Ja, warum …?«

»Weil diese drei Wohnungen von demselben Architekten erbaut wurden, das war leicht zu erraten, werden Sie sagen? Allerdings … Darum dachte niemand daran …«

»Niemand außer Ihnen.«

»Außer mir, der ich jetzt weiß, dass derselbe Architekt, indem er ähnliche Baupläne miteinander kombinierte, das Spiel dreier Akte ermöglichte, die anscheinend so wundersam und in Wirklichkeit so einfach und leicht sind.«

»Welch ein Glück!«

»Es war höchste Zeit, alter Kamerad. Mir ging beinahe die Geduld aus – es ist schon der vierte Tag.«

»Von zehn.«

»Oh …«

Er konnte nicht stillsitzen, so freudig erregt war er gegen seine Gewohnheit.

»Nein, wenn ich bedenke, dass vorhin auf der Straße diese Schurken mir ebenso gut wie Ihnen den Arm hätte brechen können. Was sagen Sie dazu, Wilson?«

Wilson begnügte sich damit, angesichts dieser schrecklichen Annahme vor Furcht zu erbeben.

Und Holmes fuhr fort: »Das soll uns eine Lehre sein? Sehen Sie, Wilson, unser großer Fehler war es, gegen Lupin mit offenem Visier zu kämpfen und uns ruhig seinen Streichen auszusetzen. Das Unglück hätte noch größer sein können, denn er vermochte ja nur Sie zu treffen.«

»Und ich bin noch mit einem gebrochenen Arm davongekommen.«

»Das hätte den beiden Burschen passiert sollen – doch lassen wir das Gerede. Am hellen Tag und von ihm überwacht, bin ich der Besiegte. Im Dunkeln und Herr meiner Bewegungen, bin ich ihm gegenüber im Vorteil, wie stark auch die Kräfte des Feindes sein mögen.«

»Ganimard könnte Ihnen helfen.«

»Nie im Leben! An dem Tag, an dem ich verkünden kann: Arsène Lupin ist dort und dort, hier ist sein Nest, und so und so muss man es machen, um sich seiner zu bemächtigen, werde ich Ganimard offiziell aufsuchen und mit der Verhaftung betrauen. Bis dahin handle ich selbständig.«

Er näherte sich dem Bett, legte seine Hand auf Wilsons Schulter – auf die kranke Schulter natürlich – und sagte mit großer Zärtlichkeit: »Pflegen Sie sich, alter Kamerad. Ihre Rolle besteht fortan darin, zwei oder drei Leute von Arsène Lupin zu beschäftigen, die, um mir wieder auf die Spur zu kommen, darauf warten werden, dass ich mich nach Ihrem Befinden erkundige. Es ist eine Vertrauensrolle.«

»Eine Vertrauensrolle, und ich danke Ihnen dafür«, erwiderte Wilson. »Ich werde alles daransetzen, sie gewissenhaft zu erfüllen. Aber wie ich sehe, kommen Sie nicht wieder?«

»Wozu?«, fragte Holmes erstaunt.
»Allerdings, allerdings, es geht mir ja auch schon sehr gut; also ein letzter Freundschaftsdienst, Sherlock Holmes: Könnten Sie mir nicht etwas zu trinken geben?«
»Zu trinken?«
»Ja, ich komme um vor Durst – ein beginnendes Fieber.«
»Aber gewiss! Sofort.«
Er blickte sich nach den zwei oder drei Flaschen um, die auf einer Anrichte standen, bemerkte dabei ein Päckchen Tabak, zündete seine Pfeife an, und plötzlich, als wenn er die Bitte seines Freundes nie gehört hätte, ging er paffend hinaus, während der alte Kamerad vergebens mit einem verzweifelten Blick das unerreichbare Glas Wasser erflehte.

***

»Herr Destange!«
Der Diener maß den Menschen von Kopf bis Fuß, dem er soeben die Tür des Stadtpalais geöffnet hatte – des prächtigen Hauses, das an der Ecke der Place Malesherbes und der Rue Montchanin stand. Er antwortete beim Anblick des grauköpfigen, schlecht rasierten Mannes, dessen schwarzer Gehrock von zweifelhafter Sauberkeit war, und der sich dem sonderlichen, von der Natur vernachlässigten Körper anschmiegte, in geringschätzigem Ton: »Herr Destange ist hier und ist

auch nicht hier. Das kommt ganz darauf an. Hat der Herr eine Karte?«
Der Herr hatte keine Karte, aber er hatte einen Empfehlungsbrief, und der Bedienstete musste diesen Brief Herrn Destange übergeben. Besagter Monsieur Destange ordnete an, dass man den Besucher zu ihm führe.
Er wurde also in einen großen, runden Raum geführt, der einen der Flügel des Palais einnahm und dessen Wände mit Büchern bedeckt waren. Der Architekt sagte: »Sie sind Herr Stickmann?«
»Ja, Monsieur.«
»Mein Sekretär benachrichtigt mich, dass er krank sei und schickt Sie, um den Hauptkatalog der Bücher fertigzumachen, den er unter meiner Leitung begann, und zwar besonders den Katalog der deutschen Bücher. Sind Sie mit derartigen Arbeiten vertraut?«
»Ja, mein Herr. Ich habe darin eine sehr große Erfahrung«, antwortete Stickmann mit einem hässlichen deutschem Akzent.
Unter den gegebenen Umständen wurde man rasch einig, und Destange machte sich unverzüglich mit seinem neuen Sekretär ans Werk.
Sherlock Holmes, denn um niemand anderen handelte es sich bei dem ungepflegten Deutschen in Wahrheit, war an nun an Ort und Stelle. Um der Überwachung Lupins zu entgehen und um in das Palais zu gelangen, das Lucien Destange mit seiner Tochter Chloé bewohnte, hatte der berühmte Detektiv einen Sprung ins Ungewisse wa-

gen müssen, hatte einen ganzen Feldzug geplant, um sich unter den verschiedensten Namen und Verkleidungen die Gunst und das Vertrauen einer ganzen Reihe von Personen zu erwerben. Kurzum, während der letzten 48 Stunden hatte er ein sehr kompliziertes Leben führen müssen.

Bei seinen verdeckten Ermittlungen hatte er folgendes in Erfahrung gebracht: Destange, von heikler Gesundheit und der Ruhe bedürftig, hatte sich von den Geschäften zurückgezogen und lebte inmitten von Büchern über Architektur, die er gesammelt hatte. Nichts machte ihm mehr Vergnügen, als der Anblick und das Lesen von alten, verstaubten Bänden.

Was seine Tochter Chloé betraf, so galt sie als etwas absonderlich. Sie schloss sich immer ein und verbrachte ihre Tage allein in einem separaten Flügel des Hauses.

Alles das, sagte er sich, während er die Büchertitel, die Destange ihm diktierte, in ein Register eintrug, *ist noch nicht von Bedeutung, immerhin aber ein Schritt vorwärts. Es ist unmöglich, dass ich nicht die Lösung eines dieser aufregenden Probleme finde. Ist Destange der Bundesgenosse Arsène Lupins? Steht er mit ihm in dauernder Verbindung? Existieren Pläne von den drei Bauvorhaben? Werden mir diese Papiere nicht auch die Kenntnis über andere Grundstücke liefern, die ähnliche Geheimnisse haben und die Lupin für sich und seine Bande reserviert haben dürfte?*

Destange, der Komplize Arsène Lupins! Der ehrwürdige Mann, der Offizier der Ehrenlegion, sollte mit einem Einbrecher zusammenarbeiten? Die Hypothese war nicht sehr wahrscheinlich. Wenn man aber diese komplizierte Annahme zuließ, wie sollte Destange vor dreißig Jahren die Notwendigkeit von geheimen Ausgängen für Arsène Lupins haben voraussehen können, der damals noch ein Säugling war?

Trotzdem! Der Engländer verbiss sich in diese Idee. Mit seinem wunderbaren Spürsinn, mit dem ihm eigenen Instinkt fühlte er, dass ihn ein Geheimnis umlauerte. Es war zu erahnen an Kleinigkeiten, über die er sich keine genauere Rechenschaft geben konnte, doch deren Eindruck er sich seit Betreten des Hauses nicht mehr entziehen konnte.

Am Morgen des zweiten Tages hatte er noch keine interessante Entdeckung gemacht.

Um zwei Uhr sah er zum ersten Mal Chloé Destange, die sich aus der Bibliothek ein Buch holte. Sie war eine Frau von etwa dreißig Jahren, brünett, von langsamen und stillen Bewegungen, und ihr Gesicht hatte den gleichgültigen Ausdruck jener Leute, die ein sehr nach innen gekehrtes Leben führen.

Der Nachmittag verlief eintönig. Um fünf Uhr sagte Destange, er wollte ausgehen. Holmes blieb allein in der Rundgalerie, die in halber Höhe der Rotunde angebracht war. Der Tag neigte sich seinem Ende zu.

Er wollte eben nach Hause gehen, als sich ein Knacken vernehmen ließ, und gleichzeitig hatte er die Empfindung, als befände sich jemand in dem Raum. Langsam verging eine Minute nach der anderen.

Plötzlich überlief ihn ein Schauer: Ein Schatten tauchte aus dem Halbdunkel auf, ganz in seiner Nähe, auf dem Balkon. War das zu glauben? Wie lange schon leistete diese unsichtbare Gestalt ihm Gesellschaft? Und woher kam sie?

Der Mensch stieg die Stufen herunter und ging auf einen großen, eichenen Schrank zu. Hinter den Vorhängen versteckt, die vom Aufgang der Galerie herabhingen, beobachtete Holmes, wie der Mensch in den Papieren herumstöberte, mit denen der Schrank angefüllt war.

Da, auf einmal ging die Tür auf, und Fräulein Destange sagte zu jemandem, der ihr folgte: »Ach, du gehst also doch nicht aus, Vater? In diesem Fall mache ich besser die Lampen an – warte einen Moment.«

Der Mensch machte die Schranktüren zu und verbarg sich in der Brüstung eines breiten Fensters, dessen Gardinen er zuzog.

Wie konnte es sein, dass Fräulein Destange ihn nicht sah? Dass sie ihn nicht hörte? Sehr gelassen drehte sie an dem elektrischen Schalter und ließ ihren Vater in die nun erleuchtete Bibliothek vorausgehen. Sie setzten sich beide nebeneinander. Sie schlug ein Buch auf, das sie mitgebracht hatte und begann zu lesen.

»Ist dein Sekretär denn nicht mehr da?«, fragte sie nach einem Weilchen.
»Nein, wie du siehst.«
»Bist du immer noch mit ihm zufrieden?«, fuhr sie fort, als wenn sie von der Krankheit des eigentlichen Sekretärs und von seiner Ersetzung durch Stickmann nichts wusste. «
»Immer ... noch immer.«
Der Kopf Destanges sank bald zur Seite und er schlief ein. Ein Moment verging. Das Mädchen las ruhig weiter.
Eine der Gardinen des Fensters wurde beiseite geschoben, und der Mann schlich sich an der Wand entlang zur Tür, wobei er hinter Destange, aber vor Chloé vorbeigehen musste, und zwar so, dass Holmes ihn genau sehen konnte.
Es war Arsène Lupin.
Der Engländer zitterte vor Freude. Seine Rechnung war aufgegangen, er war mitten ins Herz der geheimnisvollen Affäre vorgedrungen, und Lupin befand sich am vermuteten Ort.
Chloé rührte sich nicht, obwohl es unmöglich war, dass ihr irgendeine Bewegung des Mannes entging. Lupin war schon fast an der Tür und streckte schon den Arm nach der Klinke aus, als ein Buch vom Tisch fiel, das er vorher mit seiner Jacke gestreift hatte.
Destange wachte plötzlich auf. Und schon stand Lupin vor ihm mit dem Hut in der Hand und lächelte.
»Maxime Bermond!«, rief Destange erfreut. »Der

liebe Maxime! Welch guter Wind weht Sie hierher?«

»Der Wunsch, Sie und Fräulein Destange zu sehen.«

»Sie sind also von der Reise zurück?«

»Seit gestern.«

»Und Sie bleiben zum Abendessen bei uns?«

»Leider nein, ich speise im Restaurant mit Freunden. Eine Verabredung«

»Also dann morgen. Chloé will, dass Sie morgen kommen. Ich dachte erst dieser Tage an Sie.«

»Wirklich?«

»Ja, ich ordnete meine alten Papiere dort in jenem Schrank und habe unsere letzte Rechnung gefunden.«

»Was für eine Rechnung?«

»Die von der Avenue Henri-Martin.«

»Ach? Sie heben solche alten Zettel auf? Wozu das denn?«

Sie setzten sich alle drei in einen kleinen Salon, der sich durch eine breite Türöffnung an die Rotunde anschloss.

»Ist das wirklich Lupin?«, fragte sich Holmes, dem plötzlich Zweifel kamen.

Ja, ganz klar, er war es; aber es war gleichzeitig ein anderer Mann, der Arsène Lupin in gewisser Hinsicht ähnelte und der dennoch seine bestimmte Individualität behielt, seine persönlichen Züge, seinen Blick, seine Haarfarbe.

Im Frack, mit weißer Krawatte, und einem weichem, anschmiegsamen Hemd sprach er lustig

drauflos und erzählte Geschichten, über die Destanges herzlich lachte, und die selbst den Lippen Chloés ein Lächeln entlockten.
Und jedes Lächeln schien eine von Arsène Lupin gesuchte Belohnung, die er zu empfangen sich freute. Er verdoppelte seinen Esprit und seine Munterkeit, und unmerklich belebte sich beim Klang dieser angenehmen Stimme Chloéns Gesicht und verlor jenen kalten Ausdruck, der es wenig sympathisch machte.
Sie lieben sich, dachte Holmes, *aber was zum Teufel können Chloé Destange und Maxime Bermond gemeinsam haben? Weiß sie, dass Maxime Bermond kein anderer ist als Arsène Lupin?*
Bis um sieben Uhr lauschte er und zog seinen Nutzen aus den geringsten Bemerkungen. Dann stieg er unendlich vorsichtig die Galerie hinab und ging auf jener Seite durch das Zimmer, wo er nicht Gefahr lief, vom Salon aus bemerkt zu werden.
Draußen vergewisserte sich Holmes, dass weder ein Automobil noch ein Fiaker vor dem Palais stand und entfernte sich humpelnd über den Boulevard Malesherbes. Aber in einer Seitenstraße zog er den Überzieher an, den er unter dem Arm trug, zerknitterte seinen Hut und, solchermaßen verwandelt, kam er wieder auf den Platz zurück. Er richtete sich auf, versteifte seinen Rücken und begab sich in eine Ecke, wo er mit starren, auf das Haus gerichteten Blicken wartete.
Arsène Lupin kam bald heraus und ging über die

Rue de Constantinople und die Rue de Londres in das Zentrum von Paris. Hundert Schritte hinter ihm herlief Sherlock.
Das waren kostbare Minuten für den Engländer. Er sog begierig die Luft ein wie ein guter Hund, der eine frische Fährte spürte. Ja, es war für ihn etwas unendlich Angenehmes, so seinem Gegner zu folgen. Nicht mehr er war überwacht, sondern Arsène Lupin, der unsichtbare Arsène Lupin. Und er hielt ihn gewissermaßen am Ende seines Blickes fest, wie mit Fesseln, die zu lösen unmöglich waren. Es machte ihm Vergnügen, unter den Spaziergängern diese Beute anzuschauen, die ihm gehörte.
Aber bald sollte er etwas Seltsames wahrnehmen. Inmitten des Zwischenraumes, der ihn von Arsène Lupin trennte, gingen andere Leute in derselben Richtung, namentlich auf dem linken Bürgersteig zwei große Burschen mit runden Hüten und auf dem rechten Trottoir zwei andere mit Matrosenmützen und Zigaretten im Mundwinkel.
Das war vielleicht nur ein Zufall. Aber Holmes wunderte sich noch mehr, als, nachdem Lupin in einen Tabakladen gegangen war, die vier Menschen stehenblieben, und als sie dann gleichzeitig mit ihm weitergingen, doch jeder vom anderen getrennt.
Verdammt, dachte Holmes, *jemand verfolgt ihn.*
Der Gedanke, dass jemand anderes Arsène Lupin auf der Spur waren, dass Andere ihm nicht den Ruhm – darum kümmerte er sich wenig – aber

das ungeheure Vergnügen, den glühenden Wunsch nicht gönnten, allein den furchtbarsten Feind zu bezwingen, dem er jemals begegnet war, dieser Gedanke brachte ihn fast zur Verzweiflung. Doch ein Irrtum war nicht möglich: Die vier Leute hatten jene sorglose, jene allzu natürliche Miene von Menschen, die dabei nicht bemerkt werden wollten, wie sie sich nach den Schritten eines anderen richteten.

»Sollte Ganimard am Ende mehr wissen als er sagt?«, murmelte Holmes. »Macht er sich über mich lustig?«

Er spürte große Lust, eines der vier Individuen anzusprechen, um sich mit ihm zu verständigen. Aber in der Nähe des Boulevards wurde die Menge dichter. Er fürchtete, Lupin zu verlieren und beschleunigte seine Schritte. Er bog in dem Augenblick um eine Ecke, als Lupin die Freitreppe zu einem ungarischen Restaurant an der Ecke der Rue Helder emporstieg. Die Tür stand offen, so dass Holmes, der sich auf eine Bank setzte, von der anderen Seite der Straße sehen konnte, wie er an einem sehr luxuriös gedeckten und mit Blumen geschmückten Tisch Platz nahm, wo schon drei Herren im Frack und zwei hochelegante Damen saßen, die ihn sehr erfreut begrüßten.

Sherlock sah sich nach den vier Individuen um und bemerkte sie unter dem Volk verteilt, das sich die Musik eines benachbarten Cafés anhörten.

Sie schienen sich durchaus nicht um Arsène Lu-

pin zu kümmern, sondern weit mehr um die herumstehenden Leute.
Plötzlich zog einer von ihnen eine Zigarette aus der Tasche und sprach einen Herrn im Gehrock und hohen Hut an. Der Herr reichte ihm seine Zigarre, und Holmes hatte den Eindruck, als ob sie länger miteinander sprächen, als notwendig war, um eine Zigarette anzuzünden. Schließlich stieg der Herr die Stufen der Treppe hinauf und warf einen Blick ins Restaurant.
Als er Lupin bemerkte, ging er auf ihn zu, unterhielt sich einige Augenblicke mit ihm, wählte dann einen benachbarten Tisch, und Holmes konstatierte, dass dieser Herr kein Anderer war als der Reiter von der Avenue Henri-Martin.
Da begriff er. Arsène Lupin war nicht nur nicht überwacht, sondern jene Männer gehörten mit zu seiner Bande. Die Leute wachten über seine Sicherheit. Sie waren seine Leibwache, seine Trabanten, seine aufmerksame Eskorte. Überall, wo dem Herrn eine Gefahr drohte, waren die Komplizen anwesend, bereit, ihn zu warnen, ihn zu verteidigen. Komplizen waren die vier Individuen, Komplize war der Herr im Gehrock.
Den Engländer überlief ein Schauer.
Würde es ihm jemals gelingen, sich dieses unnahbaren Wesens zu bemächtigen? Welch unbegrenzte Macht stellte eine solche Vereinigung dar, die von einem solchen Führer geleitet wurde.
Er riss ein Blatt aus seinem Notizbuch, schrieb mit Bleistift einige Zeilen darauf, die er in ein Ku-

vert steckte, und sagte zu einem etwa 15-jährigen Gassenjungen, der sich neben ihn auf die Bank gelümmelt hatte: »Hier, mein Junge, nimm eine Droschke und gib diesen Brief bei der Kassiererin der Schweizerkneipe auf dem Place du Chatelet ab. Aber schnell ...«

Er gab ihm ein Fünffrankenstück. Der Bursche verschwand.

Eine halbe Stunde verstrich. Das Gedränge war größer geworden, und Holmes konnte nur von Zeit zu Zeit die Genossen Lupins sehen. Da ging jemand dicht an ihm vorbei, und eine Stimme sagte ihm ins Ohr: »Nun, was gibt's, Mister Holmes?«

»Ah, Sie sind's, Herr Ganimard?«

»Ja, ich habe Ihre Nachricht erhalten. Was gibt es?«

»Er ist da.«

»Was Sie nicht sagen.«

»Da, ganz hinten im Restaurant. Ein bisschen weiter rechts ... Sehen Sie ihn?«

»Nein.«

»Eben gießt er seiner Nachbarin Champagner ein.«

»Aber das ist er doch gar nicht.«

»Er ist es.«

»Ich gebe Ihnen die Versicherung ... Ah! Moment ... Ja, es wäre möglich ... Ah, dieser Lump. Wie er sich verstellen kann!«, murmelte Ganimard.

»Und die andern sind seine Komplicen?«

»Nein, seine Nachbarin ist Lady Cliveden, die andere ist die Herzogin von Cleath, und ihr gegenüber der Herr ist der spanische Gesandte in London.«

Ganimard machte einen Schritt nach vorn.

Sherlock hielt ihn zurück.

»Keine Unvorsichtigkeiten. Sie sind allein.«

»Er auch.«

»Nein, es sind Leute auf dem Boulevard, die Wache halten ... Ganz zu schweigen von jenem Herrn im Restaurant ...«

»Ja, aber wenn ich Arsène Lupin am Kragen fasse und laut seinen Namen rufe, dann habe ich den ganzen Saal für mich, alle Kellner.«

»Einige Polizeibeamte wären mir lieben.«

»Das würde den Freunden Arsène Lupins die Augen öffnen. Nein, sehen Sie, Mister Holmes, wir haben keine andere Wahl.«

Holmes fühlte, dass er recht hatte. Es war besser, sich auf das Abenteuer einzulassen und aus den außerordentlichen Umständen Nutzen zu ziehen. Nur empfahl er Ganimard: »Bemühens Sie sich, dass man Sie so spät wie möglich erkennt.«

Er selbst schlich sich hinter eine Zeitungsbude, ohne Arsène Lupin aus den Augen zu verlieren, der da drinnen zu seiner Nachbarin geneigt zulächelte.

Der Inspektor lief über die Straße, die Hände in den Hosentaschen, wie jemand, der harmlos seines Weges geht. Kaum aber war er auf dem entgegengesetzten Trottoir angelangt, da bog er rasch zur Seite ab und hastete die Treppe hinauf.

Ein gellender Pfiff ... Ganimard rempelte den Oberkellner an, der plötzlich mitten in der Türöffnung stand und ihn unwillig zurückstieß wie einen Eindringling, dessen zweifelhafte Kleidung dem Luxus des Gasthauses wenig Ehre machen würde.

Ganimard wankte. Im selben Augenblick kam der Herr im Gehrock heraus. Er ergriff Partei für den Inspektor, und beide stritten heftig, wobei der eine Ganimard zurückhielt, der andere ihn vorwärts stieß, so dass der Unglückliche trotz aller Anstrengungen und wütenden Proteste bis zum Fuß der Treppe hinabgedrängt wurde.

Es entstand ein allgemeines Durcheinander. Zwei Polizeibeamte, durch den Lärm herbeigelockt, versuchten die Menge zu zerstreuen, doch ein unbegreiflicher Widerstand hielt sie zurück, und sie konnten sich von dem Gedränge der an sie gepressten Schultern und der Rücken, die ihnen den Weg versperrten, nicht freimachen.

Aber dann plötzlich, wie durch Zauberei war der Durchgang frei. Der Oberkellner, der seinen Irrtum einsah, erging sich in Entschuldigungen, der Herr im Gehrock hörte auf, den Inspektor zu verteidigen, die Menge verlief sich, die Polizisten erhielten Zugang zum Restaurant. Ganimard stürzt auf den Tisch mit den sechs Gästen los ... Es waren nur noch fünf. Er schaute sich um: Kein anderer Ausweg als die Tür.

»Der Mensch, der auf diesem Platz hier saß!«, schrie er die erstaunten fünf Gäste an.

»Jawohl ... Sie waren zu sechst ... Wo ist die sechste Person hingekommen?«
»Herr Destro?«
»Aber nein, das war Arsène Lupin!«
Ein Kellner nähert sich. »Der Herr ist soeben ins Zwischengeschoss hinabgegangen.«
Ganimard stürzte ihm nach. Das Zwischengeschoss bestand aus einzelnen Salons und hatte einen separaten Ausgang auf den Boulevard.
»Jetzt soll ihn einer finden«, seufzte Ganimard, »er ist längst über alle Berge.«

***

Er war nicht über alle Berge, sondern nur etwa höchstens zweihundert Meter entfernt im Omnibus der Linie Madeleine-Bastille. Dieser Omnibus rollte friedlich im Trott seiner drei Pferde dahin, kreuzte den Place de l'Opéra und fuhr dann den Boulevard des Capurines entlang. Auf der Plattform plauderten zwei große Burschen mit runden Filzhüten gemütlich miteinander. Oben auf dem Deck, dicht bei der Treppe, schlummerte ein gebeugter, ärmlich gekleideter Mann: Sherlock Holmes.
Und während er so mit seinem Kopf hin und her wackelte und sein Körper die Schwankungen des Fahrzeugs mitmachte, führte der Engländer folgendes Selbstgespräch: »Wenn mich mein braver Wilson so sähe, wie würde er auf seinen Kollegen stolz sein! Ha! Es war leicht vorauszusehen, dass

bei dem Pfiff das Spiel verloren war, und dass ich nichts Besseres tun konnte, als die Umgebung des Restaurants zu überwachen. Aber wahrhaftig, mit einem solchen Teufelskerl im Visier ist das Leben nicht ohne Interesse ...«

An der Endstation sah Sherlock Holmes, über die Brüstung gebeugt, wie Arsène Lupin an seiner Leibwache vorüberging, und er hörte ihn flüstern: »Zum Place l'Étoile.«

»Aha, auf dem Place l'Étoile gibt man sich ein Rendezvous. Ich werde dort sein. Lassen wir ihn getrost in dieser Taxe entwischen und fahren wir im Wagen hinter den beiden Genossen her.«

Die beiden Genossen gingen zu Fuß weiter, erreichten in der Tat den Place l'Étoile und läuteten an der Tür eines schmalen Häuschens, das an die Nummer 40 der Rue Chalgrin anstieß. Bei der Biegung, die diese kleine, wenig belebte Gasse machte, konnte sich Holmes im Schatten einer Nische verstecken.

Eines der beiden Fenster im Erdgeschoss öffnete sich. Ein Mann, der einen runden Hut trug, schloss die Läden. Im darüber gelegenen Oberlicht sah man den Schein einer Lampe aufleuchten.

Nach etwa zehn Minuten kam ein Herr und läutete an derselben Tür, dann kurz darauf eine weitere Person. Schließlich hielt auch ein Taxi, aus dem Holmes zwei Personen steigen sah: Arsène Lupin und eine in einen Mantel und einen dichten Schleier gehüllte Dame.

Gewiss die blonde Dame, dachte Holmes, während das Taxi sich entfernte.
Er ließ einen Augenblick verstreichen, näherte sich dem Haus, kletterte auf den Fenstervorsprung und konnte, auf den Zehenspitzen stehend, durch das Oberlicht einen Blick in den Raum werfen.
Arsène Lupin, an den Kamin gelehnt, sprach lebhaft. Die andern, um ihn herum stehend, hörten ihm aufmerksam zu. Unter ihnen erkannte Holmes den Herrn im Gehrock und glaubte auch den Oberkellner des Restaurants zu erkennen. Die blonde Dame saß in einem Lehnstuhl und drehte ihm den Rücken zu.
Man hält einen Kriegsrat ab, dachte er. *Die Ereignisse dieses Abends haben sie beunruhigt, und sie haben jetzt das Bedürfnis, gemeinsam zu überlegen. Ach, wenn man sie alle so mit einem Mal verhaften könnte!*
Da einer der Komplizen eine Bewegung in Richtung des Oberlichts machte, stieg Holmes rasch wieder herunter und trat in das Dunkel der Gasse. Der Herr im Gehrock und der Oberkellner verließen das Haus. Alsbald wurde die erste Etage hell, und es zog jemand die Fensterläden zu. Dann war es oben wie unten dunkel.
Sie und er sind im Erdgeschoss geblieben, sagte sich Sherlock. *Die beiden Komplizen bewohnen die erste Etage.*
Er wartete einen Teil der Nacht, ohne sich zu rühren, weil er fürchtete, Arsène Lupin könnte in sei-

ner Abwesenheit weggehen. Als er um vier Uhr zwei Schutzleute am Ende der Straße bemerkte, ging er auf sie zu, erklärte ihnen den Sachverhalt und beauftragte sie mit der Überwachung des Hauses.

Darauf begab er sich zu Ganimards Wohnung in der Rue Pergolèse und ließ ihn wecken.

»Ich habe ihn wieder!«

»Arsène Lupin?«

»Ja.«

»Wenn Sie ihn so haben wie vorhin, kann ich mich ja ruhig wieder schlafen legen. Aber lassen Sie uns aufs Kommissariat gehen.«

Sie gingen bis zur Rue Mesnil und von da in die Wohnung des Kommissars Decointre. Darauf kamen sie in Begleitung eines halben Dutzends Polizisten zur Rue Chalgrin.

»Etwas Neues?«, fragte Holmes die beiden Posten.

»Nichts.«

Der Tag begann bereits den Himmel zu erhellen, als nach geeigneten Vorkehrungen der Kommissar läutete und in die Wohnung der Concierge ging. Erschrocken über dieses Eindringen der Staatsgewalt in ihre Privatsphäre, antwortete zitternd die Frau, dass im Erdgeschoss kein Mieter wohne.

»Was, kein Mieter?«, rief Ganimard.

»Nein, das gehört den Herren Leroux aus dem ersten Stock ... Sie haben die Räume unten für Verwandte aus der Provinz möbliert.«

»Für einen Herrn und eine Dame?«
»Ja.«
»Die gestern Abend mit ihnen gekommen sind?«
»Das mag sein ... ich schlief schon ... Aber ich glaube nicht, hier ist der Schlüssel, sie haben nicht danach verlangt.«
Mit diesem Schlüssel öffnete der Kommissar die Tür, die sich auf der andern Seite des Korridors befand. Die Erdgeschosswohnung hatte nur zwei Räume – sie waren leer.
»Unmöglich!«, stieß Holmes hervor. »Ich habe sie gesehen, sie und ihn.«
Der Kommissar spottete: »Ich zweifle nicht daran, aber sie sind nicht mehr da.«
»Gehen wir in den ersten Stock hinauf, sie müssen da sein.«
»Im ersten Stock wohnen die Herren Leroux.«
»Wir werden die Herren Leroux verhören.«
Sie stiegen alle die Treppe hinauf, und der Kommissar läutete. Beim zweiten Klingeln kam ein Individuum, das niemand anders war als einer von der Leibwache Lupins, in Hemdsärmeln zum Vorschein und fragte wütend: »Was ist das für ein Heidenlärm? ... Seit wann weckt man anständige Leute mitten in der Nacht?«
Aber plötzlich schwieg er verwirrt. Und dann: »Gott verzeih mir ... wahrhaftig, träume ich nicht? Das ist ja Herr Decointre – und Sie auch, Herr Ganimard? Was kann ich für Sie tun?«
Ein dröhnendes Gelächter erfolgte. Ganimard platzte fast – und krümmte sich vor Lachen.

»Sie, Leroux«, rief er, »... nein, das ist stark. Leroux, ein Komplize Arsène Lupins ... ach, ich lache mich tot. Ist Ihr Bruder auch zu sprechen?«

»Edmund, bist du wach? Herr Ganimard macht uns einen Besuch.«

Ein anderes Individuum kam zum Vorschein, bei dessen Anblick der Oberinspektor nur noch heiterer wurde.

»Ist es die Möglichkeit! Keine Ahnung hatten wir davon! Nun, Freunde, ihr macht ja nette Geschichten ... Wer hätte das je geahnt! Zum Glück ist der alte Ganimard auf der Hut, und vor allen Dingen hat er Freunde, die ihm helfen. Freunde, die von weit herkommen.«

Er wandte sich zu Holmes um und stellte vor: »Viktor Leroux, Inspektor der Sicherheitspolizei, einer der Besten von der Eisernen Brigade. Edmund Leroux, Vorsteher der Abteilung Spurensicherung.«

Sherlock Holmes rührte sich nicht. Protestieren? Die beiden Männer anklagen? Das hatte keinen Zweck. Ohne Beweise – und solche hatte er nicht – würde ihm niemand glauben. Und Beweise zu suchen, damit wollte er jetzt seine Zeit nicht verlieren.

Er war wütend und ballte heimlich die Fäuste, war aber trotzdem sorgsam bemüht, seinen Zorn und seine Enttäuschung vor dem triumphierenden Ganimard zu verbergen. Er verbeugte sich höflich vor den Brüdern Leroux, den Stützen der Gesellschaft, und zog sich zurück.

Im Hausflur drehte er sich plötzlich um zu einer niedrigen Tür zu, die zum Keller führte, und hob ein rotes Steinchen auf. Es war ein Granat.

Als er sich draußen umsah, las er nahe bei der Hausnummer 40 die Inschrift: »Lucien Destange, Architekt. 1877.«

Dieselbe Inschrift auf Nummer 42.

Also wieder ein Doppelausgang, dachte er, *Nummer 40 und 42 stehen miteinander in Verbindung. Wie konnte ich nur daran nicht denken? Ich hätte heute Nacht bei den beiden Schutzleuten bleiben sollen.*

Er sagte zu diesen Leuten: »Zwei Personen sind während meiner Abwesenheit aus dieser Tür herausgekommen, nicht wahr?«

Er zeigte dabei auf die Tür des Nachbarhauses.

»Ja, ein Herr und eine Dame.«

Er fasste den Oberinspektor am Arm und zog ihn mit sich fort.
»Herr Ganimard, Sie haben zu sehr gelacht, um mir wegen der kleinen Störung böse zu sein, die ich Ihnen verursacht habe.«
»Aber nein, ich bin Ihnen keineswegs böse.«
»Nicht wahr? Aber die besten Scherze haben ihre Zeit, und ich bin der Ansicht, dass man dem ein Ende machen muss.«
»Ganz Ihrer Meinung«
»Heute ist der siebente Tag. In drei Tagen muss ich unbedingt in London sein.«
»Hoho!«
»Ich werde dort sein, Herr Ganimard, und bitte Sie, sich für die Nacht von Dienstag auf Mittwoch bereitzuhalten.«
»Wieder für eine amüsante Expedition wie heute?«, fragte der Oberinspektor spöttisch. »Oder für eine Abschiedsfeier im Moulin Rouge?«
»Für eine Polizeiaktion.«
»Und was soll dabei herauskommen?«
»Die Verhaftung Lupins.«
»Glauben Sie?«
»Ich gebe Ihnen mein Ehrenwort darauf.«
Holmes verabschiedete sich und ging, um sich im nächsten Hotel ein wenig auszuruhen, worauf er ermutigt und voller Selbstvertrauen in die Rue Chalgrin zurückkehrte, der Haushälterin zwei Louisdor in die Hand drückte und sich vergewisserte, dass die beiden Brüder Leroux fortgegangen waren. So erfuhr er, dass das Haus einem

Herrn Harmingeat gehörte und, mit einer Kerze versehen, stieg er durch die kleine Tür, neben der er den Edelstein aufgehoben hatte, in den Keller. Unten im Keller hob er einen anderen Stein von genau derselben Form auf.

*Ich habe mich nicht getäusch*t, dachte er, *das ist die Verbindung ... Jetzt wollen wir einmal sehen, ob mein Dietrich auch zur Tür des Kellers passt, der dem Mieter des Erdgeschosses gehört? Ja, ausgezeichnet. So, nun wollen wir uns einmal diese Weinflaschenregale etwas genauer ansehen ... Aha, hier sind Stellen, wo der Staub fortgewischt ist und auf der Erde Spuren von Schritten!*

Ein leichtes Geräusch ließ ihn aufhorchen. Schnell stieß er die Tür zu, blies das Licht aus und versteckte sich hinter einer Reihe von leeren Kisten. Nach einigen Sekunden bemerkte er, dass einer der eisernen Flaschenständer leicht wankte und das ganze Stück Mauer mitbewegte, an dem er befestigt war. Der Schein einer Laterne drang ein. Ein Arm kam zum Vorschein. Ein Mann trat ein.

Er war zusammengekauert wie jemand, der etwas sucht. Mit den Fingerspitzen wischte er den Staub fort, stand mehrere Male auf und warf etwas in eine Pappschachtel, die er in der linken Hand hielt. Hierauf verwischte er die Spur seiner Schritte ebenso wie die von Lupin und der blonden Dame zurückgelassenen Abdrücke und näherte sich dem Flaschenstand.

Plötzlich schrie er heiser auf und stürzte hin – Holmes hatte sich auf ihn geworfen. Es war dies das Werk eines Augenblicks, und auf die einfachste Art der Welt hatte er den Mann der Länge nach auf den Erdboden gestreckt, ihm Handschellen angelegt und seine Knöchel mit dem eigenen Gürtel gefesselt.

Der Engländer beugte sich über ihn. »Dir passiert nichts, wenn du redest ... wenn du alles sagst, was du weißt.«

Der Mann antwortet mit einem so ironischen Lächeln, dass Holmes die Vergeblichkeit seines Angebots einsah. Er begnügte sich also damit, die Taschen seines Gefangenen zu durchsuchen. Aber seine Nachforschungen ergaben nur einen Bund Schlüssel, ein Taschentuch und die kleine Pappschachtel, deren sich der Mensch bedient hatte, und die ein Dutzend ähnlicher Granate enthielt, wie den, den Holmes aufgelesen hatte.

Magere Beute!

Was sollte er nun mit dem Menschen machen? Warten, bis seine Freunde ihm zu Hilfe kämen, um sie allesamt der Polizei auszuliefern? Wozu das? Was würde ihm das gegen Lupin helfen?

Er schwankte, da gab die genaue Betrachtung der Schachtel den Ausschlag. Sie trug folgende Adresse: »Leonard, Juwelier, Rue de la Paix.«

Er beschloss kurzerhand, den Mann liegenzulassen. Er rückte den Flaschenstand wieder zurück, verschloss den Keller und ging aus dem Haus. Von einem Postamt aus benachrichtigte er Destange telegrafisch, dass er erst am nächsten Tag wieder zur Arbeit kommen könne.

Dann ging er zu dem Juwelier, dem er die Granate übergab.
»Die gnädige Frau schickt mich wegen dieser Steine. Sie sind von einem Schmuckstück abgefallen, das sie hier gekauft hat.«
Holmes traf das Richtige.
Der Kaufmann antwortete: »Vielen Dank. Ich weiß ... Die Dame hat mit mir telefoniert und wird bald selbst vorbeikommen.«
Gegen fünf Uhr bemerkte Holmes, der auf dem Trottoir Stellung bezogen hatte, eine in dichte Schleier gehüllte Dame, deren Verhalten ihm verdächtig erschien. Durch das Schaufenster konnte er sehen, wie sie auf den Ladentisch einen alten Granatschmuck legte. Sie ging bald wieder, lief einige Schritte zu Fuß, stieg in der Richtung nach Clichy in einen Wagen und ließ sich durch Straßen fahren, die der Engländer nicht kannte. Beim Einbruch der Nacht drang er hinter ihr, und ohne dass der Portier ihn bemerkte, in ein fünfstöckiges, zweiflügeliges und folglich von zahllosen Mietern bewohntes Haus ein.
Im zweiten Stock blieb sie stehen und trat ein. Zwei Minuten später versuchte der Engländer sein Glück und probierte der Reihe nach vorsichtig die Schlüssel, die er dem Mann im Keller abgenommen hatte. Der vierte passte ins Schloss.
In der Dunkelheit durchstreifte er mehrere Räume, die absolut leer waren, wie die einer unbewohnten Wohnung, und deren Türen alle offen standen. Aber am Ende eines Korridors drang der

Schein einer Lampe aus einem Zimmer. Nachdem Holmes sich auf den Fußspitzen genähert hatte, sah er durch einen Spiegel, der den Salon von dem anstoßenden Zimmer trennte, wie die verschleierte Dame ihren Mantel und ihren Hut abnahm, sie auf den einzigen Sessel des Zimmers ablegte, und sich in einen samtenen Hausmantel hüllte.

Und er sah auch, wie sie auf den Kamin zuging und auf den Knopf einer elektrischen Klingel drückte. Die Hälfte der Ho1zwand zur Rechten des Kamins bewegte sich, glitt längs der Mauer entlang und verschwand in der dicken benachbarten Holzvertäfelung.

Sobald die Öffnung breit genug war, ging die Dame mit der Lampe hindurch und es wurde dunkel.

Das System war einfach. Holmes wandte es ebenfalls an und folgte der Dame. Er ging in der Dunkelheit tastend weiter; aber bald stieß er mit dem Gesicht gegen weiche Gegenstände. Beim Schein eines Streichholzes stellte er fest, dass er sich in einem kleinen, mit Röcken und anderen Kleidungsstücken angefüllten Raum befand, einem begehbaren Kleiderschrank. Er schob einige aufgehängte Kleider beiseite und blieb vor einer durch einen Teppich oder etwas Ähnlichem verschlossenen Tür stehen. Da sein Streichholz abgebrannt war, bemerkte er Licht, das durch das lockere und abgenutzte Gewebe des alten Stoffes drang. Er sah hindurch.

Da stand die blonde Dame vor seinen Augen, in Reichweite seiner Hand.
Sie löschte gerade die Lampe aus und schaltete das elektrische Licht ein. Zum ersten Mal konnte Holmes ihr Gesicht bei voller Beleuchtung sehen. Er erschauderte. Die Frau, der er endlich nach so viel Irrwegen und Manövern auf die Spur gekommen war, war keine andere als Chloé Destange …

***

Chloé Destange, die Mörderin des Barons d'Hautrec und die Diebin des blauen Diamanten. Chloé Destange, die geheimnisvolle Freundin Arsène Lupins! Mit einem Wort: die blonde Dame!
Ja Donnerwetter, dachte er, ich war wirklich ein Esel! Weil die Freundin Lupins blond ist und Chloé brünett, habe ich nicht daran gedacht, die beiden Frauen miteinander in Verbindung zu bringen. Als ob die blonde Dame nach der Ermordung des Barons und dem Diebstahl des Diamanten hätte blond bleiben können!
Holmes sah einen Teil des Raumes, ein elegantes Boudoir, das mit hellen Tapeten ausgekleidet und mit kostbaren Nippessachen geschmückt war. Ein Diwan aus Mahagoniholz stand auf wenig erhöhter Estrade. Chloé hatte darauf Platz genommen und saß unbeweglich, den Kopf in die Hände gestützt. Bald darauf bemerkte er, dass sie weinte. Große Tränen rollten über ihre Wangen, glitten bis zu den Mundwinkeln und fielen Tropfen für

Tropfen auf den Samt ihres Gewandes. Und weiter flossen die Tränen unaufhörlich, wie wenn sie aus unerschöpflicher Quelle kämen. Es war ein trauriger Anblick, diese düster resignierte Verzweiflung anzusehen, die sich in langsamem Tränenstrom ausdrückte.
Da ging eine Tür hinter ihr auf, Arsène Lupin trat ein. Sie schauten sich lange an, ohne ein Wort zu sprechen. Er kniete neben ihr nieder, lehnte ihren Kopf an seine Brust, umschlang sie mit seinen Armen, und es lag in der Art, wie er die junge Frau umfasste, eine Zärtlichkeit voll tiefen Mitgefühls.
Sie rührten sich nicht. Ein süßes Schweigen einte beide, und ihre Tränen flossen jetzt langsamer.
»Ich hätte Sie so gern glücklich gemacht!«, flüsterte er.
»Ich bin glücklich.«
»Nein, Sie weinen ja. Ihre Tränen machen mich untröstlich, Chloé.«
Sie ließ sich vom Ton dieser schmeichelnden Stimme gefangennehmen und hörte ihm zu, gierig nach Glück und Hoffnung. Ein zartes Lächeln ließ ihr Gesicht weicher erscheinen, aber dieses Lächeln war doch noch recht traurig.
Er flehte sie an: »Seien Sie nicht traurig, Chloé, Sie dürfen es nicht sein. Sie haben kein Recht dazu.«
Sie zeigte ihm ihre feinen, weichen Hände und sagte ernst: »Solange diese Hände meine Hände sein werden, solange werde ich traurig sein, Maxime.«
»Warum denn?«

»Sie haben getötet.«
Maxime rief: »Schweigen Sie! Denken Sie nicht daran … Die Vergangenheit ist tot, die Vergangenheit zählt nicht. Sie konnten doch nichts dafür, dass der Baron so gewalttätig wurde, als Sie versuchten, den Ring abzuziehen!«
Und er küsste ihre langen, bleichen Hände, und sie sah ihn jetzt mit einem helleren Lächeln an, wie wenn jeder Kuss ein wenig von der schrecklichen Erinnerung fortgewischt hätte.
»Sie müssen mich lieben, Maxime, Sie müssen es; denn keine Frau wird Sie je so lieben wie ich. Um Ihnen zu gefallen, habe ich es getan, und ich werde es wieder tun, nicht bloß auf Ihren Befehl hin, sondern auf Ihren geheimen Wunsch sogar. Ich begehe Handlungen, gegen die alle meine Instinkte und mein ganzes Gewissen sich auflehnen wollen – aber ich kann nicht widerstehen. Was ich tue, ich tue es ganz automatisch, weil es Ihnen förderlich ist, und weil Sie es wollen … Und ich bin bereit, es morgen wieder zu tun und immer wieder …«
Er sagte mit Bitterkeit: »Ach, Chloé, warum habe ich Sie in mein Abenteurerleben hineingezogen? Ich hätte der Maxime Bermond bleiben sollen, den Sie vor fünf Jahren geliebt haben und Sie nie bekannt machen sollen mit dem anderen Menschen, der ich bin.«
Sie sagte sehr leise: »Ich liebe auch jenen andern Menschen und bedauere nichts.«
»Doch, Sie sehnen sich nach Ihrer Vergangenheit

zurück und nach einem Leben ohne Täuschung und Verstellung.«

»Ich vermisse nichts, wenn Sie da sind«, sagte sie leidenschaftlich. »Dann gibt es kein Vergehen, kein Verbrechen mehr, sobald meine Augen Sie sehen. Was habe ich davon, wenn ich fern von Ihnen unglücklich bin, leide, weine und mich vor allem entsetze, was ich tue! Ihre Liebe verwischt alles. Ich füge mich, aber ich brauche Liebe.«

»Ich liebe Sie nicht, weil ich es soll, Chloé, sondern aus dem einzigen Grund, weil ich Sie liebe.«

»Sind Sie sich dessen auch sicher?«, fragte sie voller Zweifel.

»Ich bin meiner wie Ihrer sicher. Nur ist mein Dasein gewalttätig und aufregend, und ich kann Ihnen nicht immer die Zeit widmen, die ich geben möchte.«

Sie wurde ängstlich.

»Was gibt es? Eine neue Gefahr? Schnell, reden Sie!«

»Ach! Gerade nichts Ernstes, aber …«

»Aber?«

»Nun also, er ist uns auf der Spur.«

»Holmes?«

»Ja. Er war es, der Ganimard in die Geschichte des ungarischen Restaurants hineingebracht hat. Er war es, der heute Nacht zwei Agenten in der Rue Chalgrin postiert hat. Ich habe Beweise. Ganimard hat heute Morgen das Haus durchsucht, und Holmes war in seiner Begleitung. Außerdem …«

»Außerdem?«

»Nun, es ist noch etwas. Es fehlt uns einer unserer Leute, Jeanniot.«
»Der Hausmeister?«
»Ja.«
»Aber ich selbst habe ihn doch heute Morgen in die Rue Chalgrin geschickt, um die Granate aufzuheben, die von meiner Brosche abgegangen waren.«
»Er ist ohne Zweifel Sherlock Holmes in die Falle gegangen.«
»Das glaube ich nicht. Die Granate wurden beim Juwelier in der Rue de la Paix abgegeben.«
»Aber wo ist er dann hingekommen?«
»Ach, Maxime, ich habe Angst.«
»Sie haben keinen Grund, sich zu ängstigen. Aber ich gestehe, die Situation ist sehr ernst. Was weiß er? Wo verbirgt er sich? Seine Macht besteht in seinem unabhängigen Handeln. Nichts kann ihn verraten.«
»Was haben Sie beschlossen?«
»Äußerste Vorsicht, Chloé. Seit langem will ich mir schon eine neue Einrichtung nach dem Vorbild jenes unauffindbaren Schlupfwinkels schaffen, das Sie kennen. Ist ein Mann wie er einem auf der Spur, dann muss man sich sagen, dass er notwendigerweise die Spur bis zu Ende verfolgen wird. Ich habe also alles vorbereitet. Übermorgen, Mittwoch, soll der Auszug stattfinden. Gegen Mittag wird alles erledigt sein. Um zwei Uhr werde ich selbst den Raum verlassen können, nachdem ich die letzten Spuren unseres Aufenthaltes be-

seitigt haben werde, was keine Kleinigkeit ist. Von der Zeit ab ...«
»Von der Zeit ab ...?«
»Dürfen wir uns nicht sehen, und niemand darf uns sehen, Chloé. Gehen Sie ja nicht aus. Ich fürchte nichts für mich. Ich fürchte alles, sobald Sie in den Focus der Ermittlungen kommen.«
»Es ist unmöglich, dass dieser Engländer bis zu mir gelangt.«
»Bei ihm ist alles möglich, und ich traue ihm vieles zu. Als ich gestern von Ihrem Vater beinahe überrascht worden wäre, war ich in der Absicht gekommen, den Schrank zu durchsuchen, der seine alten Papiere enthält. Es liegt in ihnen eine Gefahr. Sie ist überall. Ich ahne den Feind, der im Dunkeln herumschleicht und immer näher kommt. Ich fühle, er überwacht uns. Er wirft seine Netze über uns. Es ist eine von jenen Ahnungen, die mich nie täuschen ...«
»Dann reisen Sie fort, Maxime, und kümmern Sie sich nicht um meine Tränen, ich werde stark sein und warten, bis die Gefahr abgewendet ist. Leben Sie wohl, Maxime.«
Sie umarmte ihn lange. Sie drängte ihn selbst hinaus.
Holmes hörte, wie ihre Stimmen sich entfernten. Kühn, aufgeregt durch das Bedürfnis, zu handeln, das ihn seit dem Vortag anspornte, schlich er sich durch das Boudoir in ein Vorzimmer, dessen hintere Tür zu einer Treppe führte.
In dem Augenblick aber, wo er hinuntergehen

wollte, hörte er im unteren Stockwerk ein Gespräch, und er zog es vor, einen Durchgang zu benutzen, der zu einer andern Treppe führte. Unten an der Treppe war er sehr überrascht, Möbel zu sehen, deren Form und Aufstellung ihm bereits bekannt waren. Eine Tür stand halb offen. Er gelangte in einen großen, runden Raum. Es war Destanges Bibliothek.

»Ausgezeichnet! Wunderbar«, murmelte er. »Ich begreife alles. Das Boudoir Chloés, das heißt der blonden Dame, steht in Verbindung mit einem der Räume des Nachbarhauses, und dieses Nachbarhaus hat seinen Ausgang nicht zum Place Malesherbes, sondern in einer Seitenstraße der Rue Monchanin, wenn ich mich recht erinnere. Wunderbar, wunderbar! Und jetzt erkläre ich mir auch, wie Chloé Destange ihren Heißgeliebten treffen und dennoch in dem Ruf einer Person stehen kann, die niemals ausgeht. Und ich erkläre mir auch, wieso Arsène Lupin gestern Abend plötzlich neben mir auf der Galerie auftauchen konnte. Es muss noch eine andere Verbindung geben zwischen dem benachbarten Raum und der Bibliothek.«

Und er schloss: »Wieder so ein Haus mit einem Geheimgang. Wahrscheinlich war wieder Destange, der Architekt. Es geht für mich jetzt darum, meine Anwesenheit hier zu nutzen, um den Inhalt des Schrankes zu prüfen und mich mit Dokumenten über die anderen präparierten Häuser zu versehen.«

Holmes stieg auf die Galerie und versteckte sich hinter den Stoffvorhängen der Rampe. Er blieb dort bis in die Nacht hinein. Ein Diener kam, um die elektrischen Lampen auszuschalten. Eine Stunde später ließ der Engländer seine Taschenlampe aufleuchten und ging zum Schrank.

Wie er wusste, enthielt dieser die alten Papiere des Architekten, Akten, Baupläne, Rechnungsbücher. Im zweiten Fach stand eine Reihe von Ordnern, die nach Jahreszahlen sortiert waren. Er nahm sich nacheinander die der letzten Jahre vor, sah sich zunächst die Seite mit dem Inhaltsverzeichnis an und besonders den Buchstaben H. Als er endlich das Wort *Harmingeat* gefunden hatte, das von der Ziffer 63 begleitet war, schlug er die Seite 63 auf und las: »Harmingeat, Rue Chalgrin Nr. 40.«

Es folgte die genaue Aufzählung der für diesen Kunden bezüglich einer Heizanlage auf seinem Grundstück ausgeführten Baulichkeiten. Und am Rand stand die Notiz: »Siehe Aktenband M. B.«

»Aha, ich weiß«, sagte er sich, »der Aktenband M. B. ist das, was ich brauche. Aus ihm werde ich den gegenwärtigen Aufenthaltsort Lupins erfahren.«

Erst am Morgen entdeckte er im zweiten Teil eines Registers den gesuchten Aktenband. Er umfasste fünfzehn Seiten. Auf einer war noch einmal die Seite abgeschrieben, die sich auf Harmingeat in der Rue Chalgrin bezog. Eine andere behandelte im Detail die Arbeiten, die für einen Hauseigentümer Vatinel in der Rue Clapeyron ausgeführt worden waren. Eine dritte Seite bezog sich auf den Baron d'Hautrec, Avenue Henri-Martin 134, eine vierte auf Schloss Crozon, und die elf andern auf verschiedene Hausbesitzer von Paris. Holmes kopierte diese Listen mit elf Namen und elf Adressen, sodann legte er alles wieder an Ort und Stelle, öffnete ein Fenster und stieg auf den vereinsamten Platz hinaus, wobei er sorgfältig die Läden wieder zumachte.

In seinem Hotelzimmer zündete er sich, mit der Würde, die er bei dieser Handlung immer bewahrte, seine Pfeife an und überlegte, in Rauchwolken gehüllt, welche Schlüsse man aus dem Aktenbündel M. B. oder, besser gesagt, aus den Akten des Maxime Bermond alias Arsène Lupin ziehen konnte.

Um 8 Uhr schickte er an Ganimard folgenden Brief: »Werde wahrscheinlich heute Morgen in der Rue Pergolèse vorsprechen und Ihnen den Namen einer Person anvertrauen, deren Verhaftung von höchster Wichtigkeit ist. Bleiben Sie für alle Fälle heute Nacht und morgen, Mittwoch, bis Mittag zu Hause, und sorgen Sie dafür, dass Sie etwa dreißig Mann zu Ihrer Verfügung haben.«

Darauf suchte er sich auf dem Boulevard eine Taxe aus, deren Chauffeur ihm durch sein gutes, vergnügtes und wenig intelligentes Gesicht auffiel, und ließ sich zur Place Malesherbes fünfzig Schritt hinter dem Palais Destange fahren.

»Chauffeur, machen Sie Ihren Wagen zu«, sagte er zu ihm. »Schlagen Sie Ihren Pelzkragen hoch, denn es weht ein kalter Wind, und warten Sie geduldig. In anderthalb Stunden werden Sie Ihren Motor in Gang setzen. Sobald ich zurückkomme, schnell in die Rue Pergolèse.«

Als er die Schwelle des Palais betrat, schwankte er einen Augenblick. War es nicht ein Fehler, sich so mit der blonden Dame zu beschäftigen, während Lupin seine Vorbereitungen zur Abreise traf? Und würde er nicht besser daran tun, mithilfe der Grundstücksliste zuerst die Wohnung seines Gegners zu suchen?

Bah, dachte er dann, *ist erst die blonde Dame meine Gefangene, werde ich Herr der Situation sein.*

Er läutete.

***

Destange war bereits in der Bibliothek. Sie arbeiteten ein Weilchen, dann suchte Holmes einen Vorwand, um hinauf in Chloés Zimmer zu gehen. In diesem Augenblick trat die junge Frau herein, wünschte ihrem Vater einen guten Tag, setzte sich in den kleinen Salon und begann einen Brief zu schreiben.

Holmes sah sie von seinem Platz aus, wie sie über den Tisch gebeugt saß und von Zeit zu Zeit den Federhalter in die Höhe hob und nachdachte. Er wartete, nahm dann einen Band und sagte zu Destange: »Hier ist gerade ein Buch, um das mich Fräulein Destange ersuchte, sobald es mir unter die Hände käme.«

Er begab sich in den kleinen Salon, stellte sich so vor Chloé hin, dass ihr Vater sie nicht beobachten konnte, und sagte: »Ich bin Stickmann, der neue Sekretär von Herrn Destange.«
»So«, sagte sie, ohne sich stören zu lassen, »mein Vater hat also einen neuen Sekretär?«
»Jawohl, gnädiges Fräulein, und ich möchte Sie gern sprechen.«
»Wollen Sie bitte Platz nehmen, ich bin gleich fertig.«
Sie schrieb noch einige Worte an ihrem Brief, unterzeichnete ihn, schloss das Kuvert und schob ihre Briefpapiere beiseite. Dann nah sie den Telefonhörer ab und ließ sich mit ihrer Schneiderin verbinden. Sie bat sie, den Reisemantel schnell fertigzustellen, da sie ihn dringend brauche. Schließlich wandte sich Holmes zu.
»So, bitte, nun zu Ihnen. Doch sollte unser Gespräch nicht in Gegenwart meines Vaters stattfinden?«
»Nein, mein Fräulein, und ich muss Sie sogar bitten, recht leise zu sprechen, es ist besser, wenn Ihr Herr Vater uns nicht hört.«
»Besser für wen?«
»Für Sie, mein Fräulein.«
»Ich gestatte aber keine Unterhaltung, die mein Vater nicht hören soll.«
»Trotzdem müssen Sie diese gestatten.«
Sie erhoben sich beide, ihre Blicke kreuzten sich.
Sie sagte: »Reden Sie also.«
Er fing also stehend an: »Sie verzeihen mir, wenn

ich mich bezüglich einiger unwesentlicher Punkte täusche, aber im Allgemeinen verbürge ich mich für die Genauigkeit dessen, was ich hier darlege.«

»Keine Phrasen, bitte – Tatsachen!«

An dieser barschen Unterbrechung merkte er, dass diese junge Frau auf der Hut war, und er fuhr fort: »Gut, also ich gehe gerade auf mein Ziel los. Vor fünf Jahren hatte Ihr Vater Gelegenheit, einen gewissen Maxime Bermond kennenzulernen, der sich ihm als Unternehmer oder vielleicht auch als Architekt – das weiß ich nicht genau – vorstellte. Tatsache ist, dass der junge Mann Herrn Destange gefiel, und da sein Gesundheitszustand ihm nicht gestattete, sich weiter um alle seine Geschäfte zu kümmern, – betraute er Bermond mit der Ausführung mehrerer Aufträge, die er von alten Kunden angenommen hatte und die den Fähigkeiten seines Mitarbeiters zu entsprechen schienen.«

Sherlock hielt inne. Es kam ihm vor, als ob das junge Mädchen noch blasser geworden wäre. Sie entgegnete jedoch mit der größten Ruhe: »Ich kenne die Dinge nicht, von denen Sie da mit mir sprechen, und ich sehe nicht ein, was sie für mich für ein Interesse haben sollen.«

»Das Interesse besteht darin, mein Fräulein, dass Maxime Bermond mit seinem wahren Namen Arsène Lupin heißt, was Sie übrigens ebenso gut wissen wie ich.«

Sie lachte laut auf: »Ist es die Möglichkeit! Arsène Lupin? Maxime Bermond soll Arsène Lupin sein?«

»Wie ich die Ehre hatte, Ihnen bereits zu sagen, mein Fräulein, und da Sie die halben Andeutungen nicht verstehen wollen, so muss ich hinzufügen, dass Arsène Lupin zur Ausführung seiner Pläne hier eine Freundin, eine blindlings gehorchende Komplizin und leidenschaftliche Anbeterin fand.«

Sie stand auf und erklärte, ohne eine Regung, oder wenigstens mit so geringer Erregung, dass Holmes von ihrer Selbstbeherrschung frappiert war: »Ich kenne den Zweck Ihres Benehmens nicht, mein Herr, und will ihn auch nicht kennenlernen. Ich bitte Sie also, kein Wort mehr zu reden und das Zimmer zu verlassen.«

»Ich habe nicht die Absicht gehabt, Sie lange mit meiner Gegenwart zu belästigen«, antwortete Holmes ebenso ruhig wie sie. »Nur habe ich beschlossen, mich nicht allein aus diesem Hause zu entfernen.«

»Und wer wird Sie begleiten?«

»Sie.«

»Ich?«

»Ja, mein Fräulein, wir werden zusammen fortgehen, und dabei werden Sie mir ohne ein Wort der Widerrede folgen.«

Das Merkwürdige an dieser Szene war die absolute Ruhe der beiden Gegner.

Eher als einen unversöhnlichen Kampf zwischen zwei mächtigen Willen hätte man es ihrer Unterhaltung nach und nach dem Ton ihrer Stimmen für eine höfliche Debatte zweier Personen halten

können, die in einer unbedeutenden Angelegenheit nicht derselben Ansicht sind.
In der Rotunde sah man durch die Türöffnung hindurch, wie sich Destange mit gemessenen Bewegungen an seinen Büchern zu schaffen machte.
Chloé setzte sich wieder und zuckte leicht die Schultern.
Sherlock zog seine Uhr hervor.
»Es ist halb elf. In fünf Minuten gehen wir.«
»Und wenn nicht?«
»Wenn nicht, so gehe ich zu Herrn Destange und erzähle ihm …«
»Was?«
»Die Wahrheit. Ich erzähle ihm von dem verlogenen Leben Maxime Bermonds und von der Doppelexistenz seiner Komplizin.«
»Seiner Komplizin?«
»Jawohl, von ihr, die man die blonde Dame nennt, von ihr, die einst blond war.«
»Und was für Beweise haben Sie?«
»Ich werde ihn in die Rue Chalgrin führen und werde ihm von dem geheimen Durchgang erzählen, den Arsène Lupin von seinen Leuten zwischen den Häusern Nr. 40 und 42 anbringen ließ, indem er sich die Arbeiten, die er zu leisten hatte, zunutze machte, jenen Gang, der von Ihnen beiden in der vorletzten Nacht benutzt wurde.«
»Und dann?«
»Dann werde ich Herrn Destange zu Detinan führen, wir werden über die Hintertreppe gehen, die Sie mit Arsène Lupin hinabstiegen, um Oberin-

spektor Ganimard zu entwischen. Und wir werden beide zusammen die ohne Zweifel analoge Verbindung suchen, die mit dem Nachbarhaus besteht, dessen Ausgang am Boulevard des Batignolles und nicht an der Rue Clapeyron liegt.«

»Und dann?«

»Dann werde ich Herrn Destange nach Schloss Crozon führen, und es wird ihm, der die Art der von Lupin bei der Restauration des Schlosses ausgeführten Arbeiten kennt, ein leichtes sein, die geheimen Gänge zu entdecken, die Arsène Lupin von seinen Leuten anbringen ließ. Er wird feststellen, dass diese Gänge der blonden Dame gestatteten, nachts in das Zimmer der Gräfin einzudringen und vom Kamin den blauen Diamanten zu nehmen; ihr ferner zwei Wochen später gestatteten, ins Zimmer des Konsuls Bleichen einzudringen und diesen Diamanten auf dem Boden eines Fläschchens zu verbergen – übrigens eine recht seltsame Handlung, ich gestehe es – vielleicht eine kleine Frauenrache oder so etwas, doch das ist Nebensache.«

»Und dann?«

»Und dann«, sagte Sherlock ernster, »werde ich Herrn Destange in die Avenue Henri-Martin 134 führen, und dort wollen wir sehen, wie der Baron d'Hautrec ...«

»Schweigen Sie, schweigen Sie!«, stammelte die junge Frau plötzlich erschrocken. »Ich verbiete Ihnen ... Sie wagen also zu sagen, dass ich ... Sie beschuldigen mich ...«

»Ich beschuldige Sie, den Baron d'Hautrec getötet zu haben.«
»Nein, nein, das ist unerhört!«
»Sie haben den Baron d'Hautrec getötet, Fräulein, Sie waren unter dem Namen Antoinette Brehat in seinen Dienst getreten, in der Absicht, ihm den blauen Diamanten zu stehlen, und haben ihn getötet.«
Von neuem stammelte sie gebrochen, bittend: »Schweigen Sie ... ich flehe Sie an ... Da Sie so viele Dinge wissen, müssen Sie auch wissen, dass ich den Baron nicht ermordet habe.«
»Ich habe nicht gesagt, Sie hätten ihn ermordet. Der Baron d'Hautrec war Tobsuchtsanfällen unterworfen, die nur die Schwester Auguste bändigen konnte. Ich weiß dies von ihr selbst. In Abwesenheit dieser Person ist er wahrscheinlich auf Sie losgestürzt, und im Verlauf des Ringens haben Sie ihn, um Ihr Leben zu verteidigen, erstochen. Aus Schreck über diese Tat haben Sie geklingelt und sind geflohen, ohne auch nur vom Finger Ihres Opfers den blauen Diamanten zu ziehen, den zu nehmen Sie gekommen waren. Einige Augenblicke später kamen Sie mit einem Komplizen Lupins, der im Nachbarhaus angestellt war, zurück. Sie legten beide den Baron auf sein Bett und brachten das Zimmer wieder in Ordnung. Aber immer noch, ohne den blauen Diamanten zu nehmen. So, das ist der Hergang. Also, ich wiederhole, Sie haben den Baron nicht ermordet, dennoch waren es Ihre Hände, die ihn erstachen.«

Sie hielt sie über dem Gesicht verschlungen, ihre langen, feinen und blassen Hände, und sie hielt sie lange unbeweglich.
Und als sich endlich die Finger lösten, enthüllten sie ein schmerzlich verzerrtes Gesicht. Sie sagte: »Und das alles beabsichtigen Sie meinem Vater zu sagen?«
»Ja, und ich werde ihm sagen, dass ich Zeugen habe: Fräulein Gerbois, die die blonde Dame wiedererkennen wird, die Schwester Auguste, die Antoinette Brehat wiedererkennen wird, die Gräfin Crozon, die Frau von Real wiedererkennen wird. Ja, das werde ich ihm sagen.«
»Das werden Sie nicht wagen«, sagte sie, indem sie gegenüber einer unmittelbar drohenden Gefahr ihre Kaltblütigkeit wiedergewann.
Er erhob sich, machte einen Schritt auf die Bibliothek zu. Chloé hielt ihn zurück.
»Einen Augenblick.«
Sie überlegte, jetzt Herrin ihrer selbst, und fragte ihn sehr ruhig: »Sie sind Sherlock Holmes, nicht wahr?«
»Ja, der bin ich.«
»Was wollen Sie von mir?«
»Was ich will? Ich liege mit Arsène Lupin in einem Kampf, aus dem ich als Sieger hervorgehen muss. Da ich die baldige Entscheidung erwarte, so glaube ich, dass eine so kostbare Geisel wie Sie mir über meinen Gegner einen beträchtlichen Vorteil verschafft. Sie werden mir also folgen, ich werde Sie einem Freunde von mir anvertrauen.

Sobald mein Zweck erreicht sein wird, sind Sie frei.«
»Das ist alles?«
»Das ist alles. Ich gehöre nicht zur Polizei Ihres Landes und verspüre kein Bedürfnis, zu richten.«
Sie schien entschlossen. Dennoch bat sie um einen Augenblick Aufschub. Ihre Augen schlossen sich, und Holmes sah, wie sie plötzlich ruhig, fast gleichgültig gegenüber der sie umgebenden Gefahren war.
Und glaubt sie, dachte der Engländer, *denn an diese Gefahr? Nein, denn Lupin beschützt sie. Bei Lupin kann einem nichts geschehen. Lupin ist allmächtig, Lupin ist unfehlbar.*
»Mein Fräulein«, sagte er, »ich habe von fünf Minuten gesprochen, jetzt sind es schon über dreißig.«
»Gestatten Sie mir, in mein Zimmer hinaufzugehen und meine Sachen zu holen?«
»Wenn Sie es wünschen. Ich werde Sie in der Rue Monchanin erwarten. Ich bin ein sehr guter Freund des Hausmeisters Jeanniot.«
»Ach, Sie wissen ...«, sagte sie sichtlich erschrocken.
»Ich weiß sehr viele Dinge.«
»Schön, ich werde also läuten.«
Man brachte ihr ihren Hut und ihren Mantel, und Holmes sagte: »Sie müssen Herrn Destange einen Grund angeben, der unser Fortgehen erklärt, und dieser Grund muss im Notfall auch Ihre mehrtägige Abwesenheit erklären.«

»Das ist nicht nötig, ich werde bald wieder hier sein.«
Von neuem forderten sie sich beide mit ironisch lächelnden Blicken heraus.
»Wie Sie ihm vertrauen!«, sagte Holmes.
»Blindlings.«
»Alles, was er tut, ist gut, nicht wahr? Alles, was er will, geschieht. Und Sie billigen alles und sind für ihn zu allem fähig.«
»Ich liebe ihn!«, sagte sie leise, vor Leidenschaft bebend.
»Und Sie glauben, dass er Sie retten wird?«
Sie zuckte die Schultern und sagte, indem sie auf ihren Vater zuging: »Papa, ich entführe dir Herrn Stickmann. Wir gehen zur Nationalbibliothek.«
»Du kommst doch zum Mittagessen zurück?«
»Vielleicht oder vielmehr nein, aber beunruhige dich nicht.«
Und dann sagte sie in einem festen Ton zu Holmes: »Ich folge Ihnen.«
»Ohne Hintergedanken?«
»Mit geschlossenen Augen.«
»Wenn Sie versuchen, zu fliehen, dann rufe, schreie ich, man verhaftet Sie, und das bedeutet das Gefängnis. Vergessen Sie nicht, dass gegen die blonde Dame ein Haftbefehl vorliegt.«
»Ich gebe Ihnen mein Ehrenwort, dass ich nichts tun werde, um zu fliehen.«
»Ich glaube Ihnen, gehen wir.«
Miteinander, ganz wie er es vorausgesagt hatte, verließen sie das Haus.

***

Auf dem Platz wartete das Taxi. Holmes sah den Rücken des Chauffeurs und seine Mütze, die fast den Halskragen seines Pelzes bedeckte. Als sie sich näherten, hörte Holmes das Rattern des Motors. Er öffnete den Schlag, bat Chloé einzusteigen, und setzte sich neben sie.

Der Wagen setzte sich mit einem Ruck in Bewegung, erreichte bald darauf die äußersten Boulevards, die Avenue Roche, die Avenue de la Grande-Armée.

Sherlock schmiedete nachdenklich seine Pläne.

Ganimard ist zu Hause. Ich lasse die junge Frau in seinen Händen – soll ich ihm sagen, wer sie ist? Nein, er würde sie direkt in Gewahrsam nehmen, was alles vereiteln würde. Bin ich wieder allein, dann gehe ich die Liste des Aktenbündels M. B. durch, und dann mache ich Jagd. Heute Nacht oder morgen früh spätestens suche ich dann, wie vereinbart, Ganimard wieder auf und liefere ihm Arsène Lupin und seine Bande aus.

Er rieb sich die Hände, glücklich, sich an der Nähe seines Zieles zu sehen, von dem ihn nun kein ernstes Hindernis mehr trennte.

Und in diesem Glücksgefühl er gab einer Gemütsregung Raum, die zu seinem sonstigen Charakter in Widerspruch stand und sagte: »Entschuldigen Sie, Fräulein, wenn ich so deutlich meine Genugtuung zu erkennen gebe. Der Kampf war heiß, und darum ist mir der Erfolg besonders angenehm.«

»Ein ehrlicher Erfolg, Herr Holmes, und Sie haben ein gutes Recht, sich zu freuen.«

»Ich danke Ihnen. Aber was für einen merkwürdigen Weg fahren wir da? Der Chauffeur hat mich wohl falsch verstanden.«

In diesem Augenblick verließ der Wagen Paris durch das Tor von Reuilly.

Zum Teufel!

Die Rue Pergolèse lag doch nicht außerhalb der Festungswerke. Holmes ließ das Fenster herunter.

»Sagen Sie, Chauffeur, Sie müssen sich täuschen ... Rue Pergolèse ...!«

Der Mann antwortete nicht. Holmes wiederholte lauter: »Sie sollten in die Rue Pergolèse fahren.«

Der Mann antwortete nicht.

»Ja sind Sie denn taub? Oder machen Sie das absichtlich? Wir haben hier nichts zu suchen ... Rue Pergolèse. Ich befehle Ihnen, sofort umzukehren.«

Immer dasselbe Schweigen. Der Engländer zitterte vor Aufregung. Er sah Chloé an: Ein unbeschreibliches Lächeln lag auf den Lippen der jungen Frau.

»Warum lachen Sie!«, schrie er sie an. »Dieser Zwischenfall hat nichts zu tun mit ... das ändert nichts an der Sache.«

»Durchaus nicht«, antwortete sie.

Plötzlich durchzuckte ihn ein Gedanke. Er erhob

sich ein wenig und sah sich den Mann auf dem Führersitz etwas genauer an. Seine Schultern waren schmaler, seine Haltung ungezwungener. Kalter Schweiß trat Holmes auf die Stirn, seine Hände krampften sich zusammen, während die fürchterliche Gewissheit sich ihm aufdrängte: Der Mann am Steuer war Arsène Lupin.

»Nun, Herr Holmes, was sagen Sie zu der Spazierfahrt?«, rief dieser vergnügt.

»Köstlich, lieber Herr Lupin, wahrhaft köstlich«, antwortete Holmes.

Vielleicht nie in seinem Leben bedurfte er einer größeren Selbstbeherrschung, um seine Worte so zu sprechen, dass nichts in der Stimme zitterte, nichts die Entfesselung seines ganzen Wesens anzeigte. Aber bald wurde es ihm einfach zu viel. Eine Flut von Wut und Hass durchbrach die Dämme, riss seinen Willen mit fort, er zog plötzlich seinen Revolver hervor und zielte auf Fräulein Destange.

»In dieser Minute, dieser Sekunde halten Sie an, Lupin, oder ich schieße auf das Fräulein.«

»Ich empfehle Ihnen, auf die Wange zu zielen, wenn Sie die Schläfe treffen wollen«, antwortete Lupin, ohne den Kopf zu wenden.

Chloé rief fröhlich: »Maxime, jetzt fahren Sie nicht zu schnell! Das Pflaster ist glatt, und ich bin sehr ängstlich.«

Sie lächelte immerzu, wobei sie die Augen geradeaus auf die Pflastersteine des Weges richtete.

»Er soll halten, er soll endlich halten!«, schrie

Holmes, rasend vor Wut, »Sie sehen ja, ich bin zu allem fähig.«
Der Lauf des Revolvers streifte ihre Haarlocken.
Sie flüsterte: »Dieser Maxime ist manchmal von einer Unvorsichtigkeit! Wenn es so weitergeht, werden wir sicher einen Unfall haben.«
Holmes, der endlich begriff, dass seine Drohung keine Wirkung hatte, weil man ihn nicht ernst nahm, steckte die Waffe wieder in die Tasche. Stattdessen ergriff er nun die Klinke des Wagenschlages, denn er war bereit, abzuspringen, trotz der Sinnlosigkeit einer solchen Handlung.
Chloé sagte zu ihm: »Sehen Sie sich vor, Herr Holmes, es ist ein weiteres Automobil hinter uns.«
Er lehnte sich hinaus. Es folgte ihnen in der Tat ein großer Wagen, der mit seiner mächtigen Frontpartie, seiner blutroten Farbe und seiner Besatzung von vier in Ledermäntel gehüllten Männern, durchaus gefährlich aussah.
Aha, dachte er, *ich bin gut bewacht. Also Geduld.*
Er verschränkte die Arme über der Brust mit jener stolzen Unterwürfigkeit der Leute, die sich fügen und die abzuwarten wissen, wenn das Schicksal sich gegen sie wendet. Und während man über die Seine fuhr und an Suresnes, Rueil und Chatou vorbeikam, saß er resigniert und ohne Bitterkeit da und dachte nur noch daran, durch welches Wunder Arsène Lupin an die Stelle des Chauffeurs getreten sein mochte. Dass der brave Bursche, den er sich am Morgen auf dem Boulevard engagiert hatte, ein dort absichtlich platzierter

Komplice gewesen war, hielt er für wenig wahrscheinlich. Dennoch musste Arsène Lupin benachrichtigt worden sein, und dieses konnte nur in dem Augenblick geschehen sein, wo er, Holmes, Chloé bedroht hatte; denn vorher konnte niemand seinen Plan erahnen. Nun war er aber seit diesem Augenblick mit Chloé zusammen gewesen.

Da fiel ihm etwas ein – das Telefonat, dass die junge Frau geführt hatte, ihre Unterhaltung mit der Schneiderin. Und er begriff sofort: Noch bevor er gesprochen hatte, schon bei der bloßen Ankündigung des Gesprächs, um das er sie als der neue Sekretär Destanges ersucht hatte, hatte sie die Gefahr gewittert, den Namen und die Absicht des Besuchers geahnt, und mit einer natürlichen Kaltblütigkeit, als wenn sie etwas Gewöhnliches täte, hatte sie Lupin zu Hilfe gerufen, unter dem Vorwand einer Bestellung und wobei sie sich verabredeter Formeln bediente.

Wie Arsène Lupin gekommen war, wie dieses mit laufende Motor haltende Automobil seinen Verdacht erregt hatte, wie er den Chauffeur bestochen haben mochte, alles das war nebensächlich. Was Holmes so leidenschaftlich interessierte, dass er seinen ganzen Zorn vergaß, war die Erinnerung an jenen Augenblick, in dem ein schlichtes, wenn auch verliebtes Weib, indem es seine Nerven, seine Gefühle, seine Gesichtszüge, selbst den Ausdruck seiner Augen beherrschte, den alten Sherlock Holmes zu überlisten vermochte.

Was konnte man ausrichten gegen einen Mann, dem solche Hilfsmittel zur Verfügung standen und der durch die bloße Macht seiner Autorität einer Frau derartige Kühnheit und Energie einzuflößen wusste!
Die Automobile fuhren die Steigung von Saint-Germain hinauf. Fünfhundert Meter hinter dieser Stadt wurde der Wagen langsamer. Der andere Wagen kam heran, und beide hielten. Niemand war weit und breit zu sehen.
»Herr Holmes«, sagte Lupin, »seien Sie so freundlich und wechseln Sie das Fahrzeug. Das unsrige ist wirklich von einer Langsamkeit …«
»Nun, warum nicht?«, rief Holmes – um so eifriger, als er gar keine andere Wahl hatte.
»Sie werden mir auch gestatten, Ihnen diesen Pelz zu leihen, denn wir werden sehr schnell fahren … und Ihnen diese beiden Sandwiches hier anzubieten. Ja, ja, greifen Sie nur zu, wer weiß, wann Sie wieder etwas zu essen bekommen.«
Die vier Männer waren ausgestiegen. Einer von ihnen näherte sich, und als er nun die Autofahrerbrille ablegte, erkannte Holmes den Herrn im Gehrock aus dem ungarischen Restaurant. Lupin sagte zu ihm: »Fahren Sie den Wagen zu dem Chauffeur zurück, von dem ich ihn gemietet habe. Er wartet bei der ersten Weinkneipe auf der rechten Seite der Rue Legendre. Sie werden ihm die zweite Rate von tausend Francs aushändigen. Doch halt, ich vergaß: Seien Sie so freundlich und geben Sie Ihre Brille Herrn Holmes.«

Er unterhielt sich noch kurz mit Fräulein Destange, stieg dann plötzlich ein und fuhr los, während Holmes neben ihm saß, und hinter ihm einer seiner Leute.

Lupin hatte nicht übertrieben, als er sagte, man würde sehr schnell fahren. Es ging sogleich mit rasender Geschwindigkeit weiter. Der Horizont flog ihnen wie von geheimnisvollen Kräften angezogen entgegen, und er verschwand bald wie in einem Abgrund, in den auch sogleich andere Dinge, Bäume, Häuser, Ebenen und Wälder mit dem lärmenden Getöse eines Sturzbaches hineinströmten, der eine Schlucht in seiner Nähe verspürt. Holmes und Lupin wechselten kein Wort.

Über ihnen rauschten die Blätter der Pappeln im Rhythmus des regelmäßigen Abstands der Alleebäume. Städte kamen und verschwanden. Nantes, Vernon, Gaillon. Von einem Hügel zum andern, von Bon-Secours bis Canteleu schien Rouen mit seinem Weichbild, mit seinem Hafen, seinem kilometerlangen Kai nur wie die Straße eines Marktfleckens. Und da waren Duclair, Caudebec, die Landschaft von Caux, deren welliges Terrain sie in gewaltigem Flug kaum berührten, sowie Lillebonne und Quillebeuf. Auf einmal befanden sie sich am Ufer der Seine am äußersten Ende eines kleinen Quais, an dem eine einfache, kräftig gebaute Barkasse lag, aus deren Schornstein dicke Rauchwolken hervorquollen.

Der Wagen stoppte. Innerhalb von zwei Stunden hatten sie mehr als hundert Meilen zurückgelegt.

***

Ein Mann in blauer Jacke mit goldbordierter Mütze kam heran und grüßte.
»Ahoi, Kapitän«, rief Lupin, »Sie haben die Depesche bekommen?«
»Ich habe sie bekommen.«
»Ist die Schwalbe bereit?«
»Die Schwalbe ist bereit.«
»Darf ich bitten, Mister Holmes?«
Der Engländer blickte um sich, sah eine Anzahl Personen auf der Terrasse eines Cafés, eine andere Gruppe ganz in der Nähe, schwankte einen Augenblick, begriff dann, dass, bevor irgendwelche Hilfe käme, er gepackt, an Bord gebracht und in den Kielraum geworfen würde, und schritt daher hinter Lupin über die Schiffsbrücke und in die Kabine des Kapitäns. Diese war geräumig, von peinlicher Sauberkeit und glänzte im Firnis ihres lackierten Getäfels und der blankgeputzten Kupferbeschläge.
Lupin schloss die Tür und sagte ohne weiteres Umschweifen in einem beinahe barschen Ton zu Holmes: »Was wissen Sie genau?«
»Alles.«
»Alles? Erklären Sie sich deutlicher.«
Es lag im Ton seiner Stimme nichts mehr von jener etwas ironischen Höflichkeit, die er dem Engländer gegenüber zur Schau trug. Es war der gebieterische Ton des Herrn, der gewohnt war, zu

befehlen, und gewohnt, dass alle Welt sich vor ihm beugte, sogar ein Sherlock Holmes.
Sie maßen sich jetzt mit feindlichen Blicken, wie offene und erbitterte Gegner.
Lupin sagte etwas nervös: »Zu wiederholten Malen, mein Herr, begegne ich Ihnen auf meinem Weg. Ich bin es satt, meine Zeit damit zu vergeuden, die Fallen zu vermeiden, die Sie mir stellen. Ich mache Sie darauf aufmerksam, dass mein Benehmen Ihnen gegenüber von Ihrer Antwort abhängen wird. Was wissen Sie genau?«
»Alles, ich wiederhole es.«
Arsène Lupin bewahrte die Fassung und fuhr im Stenogrammstil fort: »Ich werde Ihnen sagen, was Sie wissen. Sie wissen, dass ich unter dem Namen Maxime Bermond etwa fünfzehn Häuser, die von Monsieur Destange gebaut wurden, renoviert habe.«
»Ja.«
»Von diesen fünfzehn Häusern kennen Sie vier?«
»Ja«
»Und Sie besitzen die Liste der anderen elf?«
»Ja.«
»Sie haben die Liste bei Destange zu sich gesteckt, und zwar heute Nacht, ohne Zweifel.«
»Ja.«
»Und Sie vermuten, dass ich unter diesen elf Grundstücken eins für meine und meiner Freunde Bedürfnisse behalten habe. Deshalb haben Sie Ganimard damit beauftragt, sich aufzumachen und meinen Aufenthaltsort zu entdecken.«

»Nein.«
»Das bedeutet?«
»Das bedeutet, dass ich allein gehandelt habe und allein den Feldzug eröffnen wollte.«
»Dann habe ich nichts zu befürchten, denn Sie befinden sich ja in meinen Händen.«
»Sie haben nichts zu befürchten – solange ich mich in Ihren Händen befinde.«
»Das heißt also, Sie werden nicht da bleiben?«
»Nein.«
Arsène Lupin trat ganz dicht an den Engländer heran und legte ihm sanft die Hand auf die Schulter.
»Hören Sie, Mister Holmes, ich bin nicht in der Laune, mich mit Ihnen auf lange Erörterungen einzulassen, und Sie sind zu Ihrem Unglück nicht imstande, meine Pläne zum Scheitern zu bringen. Also machen wir es kurz.«
»Machen wir es kurz.«
»Sie werden mir Ihr Ehrenwort geben, dass Sie von diesem Schiffe nicht entweichen, bevor Sie sich in englischen Gewässern befinden.«
»Ich gebe Ihnen mein Ehrenwort, dass ich nichts unversucht lassen werde, um zu entweichen«, erwiderte der unbezwingliche Holmes.
»Ja, zum Teufel, Sie wissen doch, dass ich nur ein Wort zu sagen brauche, um Sie ohnmächtig schlagen zu lassen. Alle diese Leute gehorchen mir blindlings. Auf ein Zeichen von mir legen sie Ihnen Ketten um den Hals.«
»Ketten kann man zerbrechen.«

»Und werfen Sie zehn Seemeilen von der Küste über Bord.«
»Ich kann schwimmen.«
»Gut geantwortet«, rief Lupin lachend.
»Gott verzeih' mir, ich war zornig. Entschuldigen Sie mich, Mister, und kommen wir zum Ende. Gestehen Sie mir zu, dass ich alle nötigen Maßnahmen zu meiner und meiner Freunde Sicherheit ergreifen muss?«
»Alle Maßnahmen, aber sie sind vergeblich.«
»Mag sein, aber Sie werden mir nicht verübeln, wenn ich sie dennoch ergreife.«
»Das ist Ihre Pflicht.«
»Also vorwärts!«
Lupin öffnete die Tür und rief den Kapitän und zwei Matrosen. Diese ergriffen den Engländer und, nachdem sie ihn durchsucht hatten, fesselten sie ihm die Beine und banden ihn am Bettgestell des Kapitäns fest.
»Genug!«, befahl Lupin. »Wahrhaftig, es gehört Ihre ganze Halsstarrigkeit dazu, mein Herr, und der Ernst außergewöhnlicher Umstände, dass ich mir herausnehme ...«
Die Matrosen zogen sich zurück. Lupin sagte zum Kapitän: »Herr Kapitän, einer von der Mannschaft wird hier zu Herrn Holmes' Verfügung bleiben. Und Sie selbst werden ihm soweit als möglich Gesellschaft leisten. Man nehme jede Rücksicht auf ihn, er ist kein Gefangener, sondern ein Gast. Wie spät ist es auf Ihrer Uhr, Herr Kapitän?«
»Fünf Minuten nach zwei.«

Lupin sah auf seine Uhr, darauf auf eine Wanduhr, die in der Kabine hing.

»Fünf Minuten nach zwei? Unsere Uhren stimmen also überein. Wie viel Zeit brauchen Sie bis Southampton?«

»Neun Stunden, ohne mich zu beeilen.«

»Sie werden sich zwölf nehmen. Sie sollten nicht an Land kommen, bevor der Dampfer abfährt, der Southampton um Mitternacht verlässt und um acht Uhr früh in Le Havre ankommt. Sie verstehen doch, Herr Kapitän, nicht wahr? Also, ich wiederhole: Da es außerordentlich gefährlich wäre für uns alle, wenn der Herr mit jenem Schiff nach Frankreich zurückkäme, dürfen Sie nicht vor ein Uhr morgens in Southampton ankommen.«

»Ich verstehe.«

»Ich empfehle mich, Mister Holmes. Auf Wiedersehen, nächstes Jahr in dieser Welt, oder in der anderen.«

»Bis morgen.«

Einige Minuten darauf hörte Holmes, wie das Automobil sich entfernte, und gleich darauf keuchte in den Tiefen der Schwalbe der Dampf heftiger. Das Schiff setzte sich in Bewegung.

***

Gegen drei Uhr hatte man die Mündung der Seine verlassen und fuhr ins offene Meer hinaus.

Um diese Zeit schlief Holmes in dem Bett, auf dem er festgebunden war, einen tiefen Schlaf.

***

Am folgenden Morgen, dem zehnten und letzten Tage des Wettkampfes zwischen den beiden Rivalen, publizierte das »Echo de Paris« folgende unterhaltsame Kurznachricht:

Gestern wurde von Arsène Lupin gegen den englischen Detektiv eine Abschiebungsanordnung erlassen. Mittags erst unterzeichnet, wurde das Dekret noch am selben Tag ausgeführt. Um ein Uhr morgens wurde Holmes in Southampton an Land gesetzt.

Arsène Lupins Verhaftung

Seit acht Uhr standen zwölf Möbelwagen in der Rue Crevaux zwischen der Avenue des Bois de Boulogne und der Avenue Bugeaut. Felix Davey verließ die Wohnung, die er im vierten Stock der Nr. 8 gemietet hatte. Und der Kunstexperte Dubreuil, der die fünfte Etage desselben Hauses und die fünfte Etage der beiden anstoßenden Häuser zu einer einzigen Wohnung vereinigt hatte, ließ an demselben Tag (es war dies natürlich ein reiner Zufall, da sich die Herren nicht kannten) die Möbelsammlungen, derenthalben ihm so viele ausländische Kunden tagtägliche Besuche abstatteten, zu einer neuen Adresse abtransportieren.

Ein Umstand wurde im Viertel bemerkt, man sprach aber erst später davon: Keiner der zwölf Wagen trug den Namen und die Adresse eines Spediteurs, und keiner der Leute, die sie begleiteten, hielt sich in den benachbarten Kneipen auf. Sie arbeiteten so fleißig, dass um elf Uhr alles fertig war. Es blieben nur noch jene Haufen Papiere und Lumpen übrig, die man gerne in den Winkeln der leeren Zimmer zurücklässt.

Felix Davey, ein junger, eleganter Mann, war nach der raffiniertesten Mode gekleidet, trug aber in der Hand einen Sportstock, dessen Gewicht den ungewöhnlichen Bizeps des Besitzers verriet. Felix Davey ging ruhig fort und setzte sich auf eine Bank der Querallee, die die Avenue des Bois gegenüber der Rue Pergolèse kreuzt.

Neben ihm las eine Frau in kleinbürgerlicher Kleidung ihre Zeitung, während sich ein Kind damit vergnügte, mit seiner Schaufel Sand anzuhäufen.
Bald darauf sagte Felix Davey, ohne den Kopf zu wenden, zu der Frau: »Ganimard?«
»Heute Morgen um neun Uhr fortgegangen.«
»Wohin?«
»Zur Polizeipräfektur.«
»Allein?«
»Allein.«
»Keine Depesche heute Nacht?«
»Keine.«
»Vertraut man Ihnen noch immer im Haus?«
»Immer noch. Ich mache für Frau Ganimard kleine Besorgungen, und sie erzählt mir alles, was ihr Mann tut. Wir haben den Vormittag zusammen verbracht.«
»Schön. Bis auf Weiteres werden Sie jeden Vormittag um 11 Uhr hierherkommen.«
Er erhob sich und ging in den chinesischen Pavillon in der Nähe der Porte Dauphine, wo er ein einfaches Mahl zu sich nahm. Zwei gekochte Eier, Gemüse und Früchte. Dann kehrte er in die Rue Crevaux zurück und sagte zu der Concierge: »Ich schaue bloß noch einmal nach oben und übergehe Ihnen die Schlüssel.«
Er inspizierte noch einmal alle Räume, zuletzt sein Arbeitszimmer. Dort ergriff er das Ende eines Gasrohrs, das ein angeschraubtes Schlussstück hatte, und das längs des Kamins herunter-

hing, nahm den Metallstöpsel heraus, der es verschloss, brachte einen kleinen trichterförmigen Apparat daran an und blies hinein.
Ein schwaches Pfeifen antwortete ihm. Er führte das Rohr wieder an den Mund und flüsterte: »Niemand, Dubreuil?«
»Niemand.«
»Ich kann hinaufkommen?«
»Ja.«
Er stellte das Rohr wieder an seinen Platz und sagte bei sich: »Wie weit man doch vorgeschritten ist! Unser Jahrhundert wimmelt von kleinen Erfindungen, die wahrhaftig das Leben reizvoll und malerisch machen. Und so amüsant dabei! Besonders, wenn man mit dem Leben zu spielen versteht wie ich.«
Er drehte ein Marmorgesims des Kamins. Die Marmorplatte bewegte sich mit, und der darüber befindliche Spiegel, der eine gähnende Öffnung bedeckte, in der sich die untersten Stufen einer in den Kamin hineingebauten Treppe befanden, glitt auf unsichtbaren Falzen beiseite. Das alles war sehr sauber aus blank geputztem Gusseisen und weißen Porzellankacheln. Er stieg hinauf. Im fünften Stock dieselbe Öffnung über dem Kamin. Dubreuil wartete schon.
»Alles fertig bei Ihnen?«
»Alles fertig.«
»Alles ausgeräumt?«
»Vollständig.«
»Das Personal?«

»Es sind nur noch die drei Leute der Wache da.«
»Gehen wir hinauf.«
Sie stiegen nacheinander bis zur Wohnung der Diener hinauf und traten in eine Mansarde, wo sich drei Individuen befanden, von denen das eine zum Fenster hinaussah.
»Nichts Neues?«
»Nichts, Monsieur.«
»Die Straße ruhig?«
»Vollständig.«
»Noch zehn Minuten und ich gehe endgültig fort. Ihr werdet auch fortgehen. Beim geringsten Geräusch auf der Straße werdet ihr mich benachrichtigen.«
»Ich habe immer den Finger auf der Alarmglocke, Herr.«
»Dubreuil, Sie hatten doch unseren Umzugsleuten befohlen, nicht die Drähte der Leitung anzufassen?«
»Gewiss, sie funktioniert ausgezeichnet.«
»Dann bin ich beruhigt.«
Die beiden Männer stiegen wieder hinunter bis zur Wohnung von Felix Davey. Dieser rückte das Marmorsims wieder zurecht und rief erfreut aus:
»Dubreuil, ich möchte sehen, wer einen so feinen Kopf hat, all die wunderbaren Tricks, die Warnglocken, das Netz von elektrischen Leitungen und akustischen Röhren, die unsichtbaren Gänge, die beweglichen Parkettplatten und verkleideten Treppen zu entdecken … Eine wahre Feenmaschinerie!«

»Was für eine Reklame für Arsène Lupin.«
»Eine Reklame, die man gern vermieden hätte. Schade, so eine Wohnung zu verlassen. Nun muss ich wieder von neuem beginnen und natürlich nach einem neuen Modell, denn man darf sich nie wiederholen. Die Pest über diesen Holmes!«
»Immer noch nicht wieder da, der Holmes?«
»Ja, wie denn? Von Southampton geht nur ein Dampfer um Mitternacht, von Le Havre ein einziger Zug um 8 Uhr morgens, der um 1111 Uhr ankommt. Wenn er nicht den Dampfer um Mitternacht genommen hat, und er hat ihn nicht genommen, denn der Kapitän hatte entsprechende Befehle, so wird er erst heute Abend via Newhaven und Dieppe in Frankreich sein können.«
»Ob er wiederkommt?«
»Holmes gibt nie eine Partie verloren. Er wird wiederkommen, aber zu spät. Wir werden schon weit weg sein.«
»Und Fräulein Destange?«
»Ich soll sie in einer Stunde wieder treffen.«
»Daheim?«
»Oh nein! Sie wird erst in einigen Tagen heimkehren, nach dem Sturm und wenn ich mich ihr ganz widmen kann. Sie aber, Dubreuil, müssen sich beeilen. Die Einschiffung unseres ganzen Gepäcks wird lange dauern, und Ihre Anwesenheit am Quai ist unabdingbar.«
»Sie sind sicher, dass wir nicht überwacht werden?«
»Von wem? Ich fürchte nur Holmes.«

Dubreuil zog sich zurück. Felix Davey machte einen letzten Rundgang durch die Wohnung, raffte zwei oder drei zerrissene Briefe auf, und als er dann ein Stück Kreide bemerkte, nahm er es und zeichnete auf die dunkle Tapete des Eßsaales einen großen Rahmen, worauf er, ähnlich wie auf eine Gedenktafel, schrieb:

Hier wohnte fünf Jahre lang zu Anfang des zwanzigsten Jahrhunderts Arsène Lupin, *der Gentleman-Gauner.*

Dieser Scherz schien ihm eine lebhafte Genugtuung zu bereiten. Er betrachtete das Geschriebene, wobei er eine lustige Weise pfiff; dann rief er: »Jetzt, nachdem ich mich mit den Geschichtsschreibern der Zukunft abgefunden habe, wollen wir uns verdrücken. Beeilen Sie sich, Meister Sherlock Holmes, bevor drei Minuten vergehen, werde ich meinen Schlupfwinkel verlassen haben, und Ihre Niederlage wird eine totale sein. Noch zwei Minuten! Lassen Sie nicht auf sich warten, Mister! Noch eine Minute! Sie kommen nicht? Gut, so verkünde ich hiermit Ihre Entthronung und meine Verherrlichung. Worauf ich mich auf und davon mache. Ade, Königreich Arsène Lupin! Ade ihr fünfundfünfzig Zimmer und sechs Wohnungen, über die ich herrschte! Ade, mein kleines Stübchen, du mein schmuckloses Kämmerlein!«
Ein Läuten schnitt diese lyrischen Ergüsse ab, ein scharfes, schnelles und lautes Läuten, das zwei-

mal abbrach, zweimal wieder anfing und dann aufhörte. Es war das Alarmsignal. Was war geschehen? Gab es eine unvorhergesehene Gefahr? Ganimard? Wie konnte das sein ...
Er stand im Begriff, sein Büro wieder zu erreichen und zu fliehen. Doch zuvor wandte er sich zum Fenster. Niemand auf der Straße. Sollte der Feind schon im Haus sein? Er horchte und glaubte, wirren Lärm zu hören. Unverzüglich eilte er in seinen Arbeitsraum, doch als er die Schwelle überschritt, hörte er das Geräusch eines Schlüssels, den man in die Wohnungstür zu stecken versuchte.
»Teufel«, brummte er. »Es ist höchste Zeit. Das Haus ist vielleicht schon umzingelt. Die Hintertreppe ... nein, das ist wohl unmöglich. Ein Glück, dass der Kamin ...«
In diesem Augenblick war es ihm, als ob die Tür unten sich öffnete und Schritte ertönten.
»Verdammt«, fluchte er. »Jetzt rasch durch den Kamin ...«
Er drückte kräftig auf das Gesims. Aber es ruckte und rührte sich nicht. Er strengte sich noch mehr an, aber es wich nicht von der Stelle. Seine Finger umkrampften das Gesims. Er drückte aus Leibeskräften. Nichts rührte sich. Gar nichts! Durch ein unglaub1iches Unglück, durch eine wahrhaft schreckliche Bosheit des Geschicks funktionierte jetzt auf einmal der Mechanismus nicht mehr, der noch vor einem Augenblick in Ordnung gewesen war.

Er mühte sich ab, ächzte. Der Marmorblock blieb schwer und unbeweglich. Verflucht! Sollte dieses dumme Hindernis ihm den Weg versperren? Er schlug auf den Marmor, schlug mit wütenden Fäusten darauf, hämmerte, schmähte ...

»Nun, Herr Lupin, es gibt also etwas, das nicht so geht, wie Sie wünschen?«

Lupin drehte sich um. Entsetzen packte ihn. Sherlock Holmes stand vor ihm.

Sherlock Holmes!

Er betrachtete ihn mit zwinkernden Augen, wie durch einen grausamen Anblick gestört. Sherlock Holmes in Paris! Sherlock Holmes, den er am Abend zuvor wie ein Gefahrgut nach England hatte expedieren lassen, und der ihm nun frei und als Sieger vor Augen stand!

Ja, damit ein so unmögliches Ereignis gegen Arsène Lupins Willen zustande kam, mussten die Naturgesetze außer Kraft gesetzt werden. Das war ein Triumph all dessen, was unlogisch und anormal war! Sherlock Holmes stand ihm leibhaftig gegenüber!

Und der Engländer sagte nun seinerseits mit jener verächtlichen Höflichkeit, mit der sein Gegner ihn so oft verhöhnt hatte: »Monsieur Lupin, ich teile Ihnen mit, dass ich von dieser Minute an nicht mehr an die Nacht im Palais des Barons d'Hautrec denken will, nicht mehr an das Unglück meines Freundes Wilson, nicht mehr an meine Entführung im Automobil und auch nicht an jene Reise, die ich gerade, auf Ihren Befehl an ein we-

nig komfortables Bettgestell angebunden, beendet habe. Dieser Augenblick löscht alles aus. Ich erinnere mich an nichts mehr. Ich bin entschädigt, königlich entschädigt.«
Lupin schwieg. Der Engländer fuhr fort: »Sind Sie nicht auch der Meinung?«
Er schien sich in diesem Ton zu gefallen, der ihm eine Beruhigung, eine Art Quittung für das Vergangene war.
Nach einigem Nachdenken, während dessen der Engländer fühlte, wie ihn die Blicke des andern durchdrangen und sich tief in seine Seele bohrten, sprach Lupin: »Ich nehme an, Herr Holmes, dass Ihr gegenwärtiges Betragen ernsthafte Beweggründe hat?«
»Außerordentlich ernsthafte.«
»Die Tatsache, dass Sie meinem Kapitän und meinen Matrosen entwischt sind, stellt nur einen untergeordneten Zwischenfall unseres Kampfes dar. Doch dass Sie hier vor mir stehen, allein – Sie verstehen mich doch – allein vor Arsène Lupin, lässt mich annehmen, dass Ihre Vergeltung so vollständig wie nur möglich sein wird.«
»So vollständig wie nur möglich.«
»Dieses Haus?«
»Umstellt.«
»Die beiden Nachbarhäuser?«
»Abgeriegelt.«
»Die Wohnung über dieser?«
»Die drei Wohnungen des fünften Stockes, die Herr Dubreuil bewohnte, umzingelt.«

»So dass ich also ...«
»So dass Sie also gefangen sind, Herr Lupin, unwiderruflich gefangen.«
Dieselben Gefühle, die Holmes im Verlauf seiner Automobilfahrt bewegt hatten, machte jetzt Lupin durch, dieselbe Wut, dieselbe Empörung, – aber schließlich auch beugte ihn dieselbe Notwendigkeit unter die Macht der Tatsachen. Da alle beide gleich mächtig waren, mussten sie in gleicher Weise die Niederlage wie ein vorläufiges übel hinnehmen, dem man sich zu fügen hatte.
»Wir sind quitt, mein Herr«, sagte er einfach.
Der Engländer schien entzückt von diesem Eingeständnis. Sie schwiegen.
Darauf sprach Lupin, wieder Herr seiner selbst, lächelnd: »Und ich bin gar nicht böse. Es war mir schon lästig, immerzu zu gewinnen. Ich brauchte bloß den Arm auszustrecken, um Sie mitten in die Brust zu treffen – wie langweilig! Diesmal bin ich an der Reihe. Gut getroffen, Mister!« Er lachte gutmütig. »Ja, kurz und gut, die Leute werden sich amüsieren. Lupin ist in der Mausefalle. Wie will er wieder herauskommen? In der Mausefalle! Wie abenteuerlich! ... Ach, Monsieur, ich verdanke Ihnen da einen heftigen Gefühlsrausch. Aber so ist das Leben!«
Er presste sich die beiden geschlossenen Fäusten an die Schläfen, als wenn er die wüste Emotion, die in ihm gärte, dort zusammendrücken wollte, und er hatte auch die Bewegungen eines ungestümen Kindes an sich.

Dann näherte er sich dem Engländer. »Und worauf warten Sie jetzt?«
»Woraus ich warte?«
»Ja, Ganimard ist doch gewiss mit seinen Leuten da? Warum kommt er nicht herein?«
»Ich habe ihn gebeten, nicht gleich hereinzustürmen.«
»Und er war einverstanden?«
»Ich habe seine Dienste nur unter der ausdrücklichen Bedingung in Anspruch genommen, dass er sich von mir leiten ließe. Übrigens glaubt er, Felix Davey sei nur ein Komplize Lupins.«
»So wiederhole ich meine Frage in anderer Form: Warum sind Sie allein hereingekommen?«
»Ich habe zunächst mit Ihnen reden wollen.«
»Ach so – Sie haben mit mir zu reden.«
Diese Idee schien Lupin außerordentlich zu gefallen. Es gibt ja mancherlei Umstände, wo man die Worte den Taten vorzieht.
Konnte er verhandeln?
»Mister Holmes, es tut mir leid, dass ich Ihnen keinen Sessel anbieten kann. Passt Ihnen diese alte, halb zerbrochene Kiste? Oder vielleicht das Fensterbrett? Ich bin sicher, ein Glas Bier wäre Ihnen willkommen – Dunkel oder hell? Aber setzen Sie sich doch bitte.«
»Nicht nötig. Plaudern wir.«
»Ich höre.«
»Ich werde mich kurzfassen. Die Absicht meines Aufenthaltes in Frankreich war nicht Ihre Verhaftung. Wenn ich Sie verfolgen musste, so lag das

daran, dass ich anders nicht zu meinem Ziele kommen konnte.«
»Und dieses war …?«
»Die Wiederbeschaffung des blauen Diamanten.«
»Des *blauen Diamanten*?«
»Gewiss, denn der Stein, den man in dem Fläschchen des Konsuls Bleichen fand, war nicht der echte.«
»In der Tat, der echte wurde von der blonden Dame beschafft. Ich ließ ihn genau nachmachen, und da ich noch meine Pläne mit anderen Schmuckgegenständen der Gräfin hatte und der Konsul Bleichen bereits verdächtig war, ließ besagte blonde Dame, um nicht selbst in Verdacht zu geraten, den falschen Diamanten in das Reisegepäck besagten Konsuls gleiten.«
»Während Sie den echten behielten.«
»Sehr richtig.«
»Diesen Diamanten brauche ich.«
»Unmöglich. Ich bedauere außerordentlich.«
»Ich habe ihn der Gräfin Crozon versprochen, ich werde ihn bekommen.«
»Wie wollen Sie ihn bekommen, da er in meinem Besitz ist?«
»Ich werde ihn bekommen, eben weil er in Ihrem Besitz ist.«
»Ich soll ihn also ausliefern?«
»Ja.«
»Freiwillig?«
»Ich kaufe ihn Ihnen ab.«
Lupin amüsierte sich köstlich.

»Man merkt, aus welchem Land Sie kommen. Ihr behandelt so etwas wie ein Geschäft.«
»Es ist ein Geschäft.«
»Und was bieten Sie?«
»Die Freiheit des Fräuleins Destange.«
»Ihre Freiheit? Ich wüsste nicht, dass sie verhaftet ist!«
»Ich werde Ganimard die nötigen Fingerzeige geben. Ihrer Protektion beraubt, wird auch sie verhaftet werden.«
Lupin brach in ein lautes Lachen aus.
»Lieber Herr, Sie bieten mir etwas an, was Sie nicht haben. Fräulein Destange ist in Sicherheit und hat nichts zu befürchten. Ich verlange etwas anderes.«
Der Engländer zögerte, sichtlich verlegen, seine Backenknochen röteten sich. Dann legte er jäh die Hand auf die Schulter seines Gegners.
»Und wenn ich Ihnen vorschlüge ...?«
»Meine Freiheit?«
»Nein, wo denken Sie hin ... aber ich könnte ja dieses Zimmer verlassen, mich mit Ganimard verständigen ...«
»Und mir Bedenkzeit geben?«
»Ja.«
»Ach du lieber Gott, was würde mir das nützen! Dieser verteufelte Mechanismus funktioniert ja nicht mehr«, sagte Lupin und rüttelte zornig an dem Gesims des Kamins.
Er unterdrückte einen Schrei der Überraschung. Dieses Mal hatte sich, durch eine Laune dies Zu-

falls, durch einen unverhofften Glücksfall, der Marmorblock unter seinen Fingern bewegt. Und offenbar hatte Holmes nichts davon bemerkt …
Dies bedeutete die Rettung, die Möglichkeit der Flucht. Warum sollte er sich also in diesem Fall Holmes' Bedingungen unterwerfen?
Er ging auf und ab, als wenn er über eine Antwort nachdächte. Darauf legte er seinerseits die Hand auf die Schulter des Engländers.
»Wenn ich es mir recht bedenke, Mister Holmes, so möchte ich lieber meine kleinen Geschäfte allein besorgen.«
»Ja, aber …«
»Ich brauche Ihre Vorschläge nicht.«
»Wenn Ganimard Sie erst einmal hat, dann ist alles aus. Man lässt Sie nicht wieder los. Sie werden im Gefängnis verrotten, vielleicht sogar auf dem Schafott enden.«
»Wer weiß?«
»Kommen Sie zur Vernunft. Das ist doch Wahnsinn. Alle Ausgänge sind besetzt.«
»Es bleibt noch einer.«
»Welcher?«
»Der, den ich wählen werde.«
»Leere Worte. Ihre Verhaftung kann als Tatsache betrachtet werden.«
»Sie ist es noch nicht.«
»Also?«
»Also … ich behalte den blauen Diamanten.«
Holmes zog seine Uhr heraus. »Es ist zehn Minuten vor drei. Um drei Uhr rufe ich Ganimard.«

»Wir können also noch zehn Minuten miteinander plaudern, nutzen wir sie, Mister Holmes, und um meine verzehrende Neugierde zu befriedigen, sagen Sie mir bitte, wie Sie auf meine Adresse und den Namen Felix Davey gekommen sind?«
Während er Lupin aufmerksam beobachtete, dessen gute Laune ihn beunruhigte, ließ sich Holmes gerne darauf ein, seine erfolgreichen Nachforschungen zu erläutern, denn dieser Erfolg, und das Interesse Lupins, schmeichelte seiner Eitelkeit. Und er sagte: »Ihre Adresse? Die habe ich von der blonden Dame!«
»Von Chloé?«
»Von ihr selbst. Erinnern Sie sich … gestern früh, als ich sie im Automobil mitnehmen wollte, hat sie mit ihrer Schneiderin telefoniert.«
»In der Tat …«
»Nun, etwas später bin ich darauf gekommen, dass diese Schneiderin Sie waren und heute Nacht auf dem Schiff habe ich durch Anstrengung meines Gedächtnisses – und auf diese Leistung darf ich ein wenig stolz sein – die beiden letzten Ziffern Ihrer Telefonnummer wieder rekonstruiert, nämlich die 73. Auf diese Weise war es mir, da ich die Liste der von Ihnen umgebauten Häuser besaß, ein leichtes, gleich heute früh bei meiner Rückkehr nach Paris im Telefonbuch den Namen und die Adresse von Felix Davey zu suchen und zu finden. Nach Kenntnis dieses Namens und dieser Adresse habe ich Ganimards Hilfe in Anspruch genommen.«

»Wunderbar! Erstklassig! Ich muss mich verbeugen. Was ich aber nicht begreife, ist, dass Sie den Anschluss an den Zug nach Le Havre erreichten. Wie stellten Sie es an, dass Sie von der Schwalbe entkommen konnten?«
»Ich bin nicht entkommen.«
»Ja, aber ...«
»Sie hatten ja dem Kapitän Befehl gegeben, erst um 1 Uhr morgens in Southampton anzulegen. Man brachte mich aber um Mitternacht an Land. Ich habe also das Postschiff nach Le Havre benutzen können.«
»Sollte mich der Kapitän verraten haben? Das ist doch gar nicht möglich.«
»Er hat Sie nicht verraten.«
»Aber?«
»Seine Uhr.«
»Seine Uhr?«
»Ja, ich habe seine Uhr um eine Stunde vorgestellt.«
»Wie das?«
»Wie man eine Uhr vorstellt: indem man am Stellrad dreht. Wir plauderten, saßen beisammen, ich erzählte ihm Geschichten, die ihn interessierten. Wahrhaftig, er hat nichts bemerkt.«
»Bravo, bravo, ein hübscher Streich, ich will ihn mir merken. Aber die Wanduhr, die in seiner Kabine hängt?«
»Ach, die Wanduhr? Ja, das war schwieriger, denn mir waren die Beine gefesselt. Aber der Matrose, der mich in Abwesenheit des Kapitäns bewachte,

war so freundlich, den Zeiger etwas vorzurücken.«

»Der? Nicht doch! Der war einverstanden?«

»Ach, er wusste ja nichts von der Wichtigkeit seines Tuns. Ich sagte ihm, ich müsste um jeden Preis den ersten Zug nach London nehmen, und … so ließ er sich überreden.«

»Und Sie gaben ihm dafür …?«

»Ein kleines Geschenk, das der treffliche Mann Ihnen anständigerweise aushändigen wird.«

»Was für ein Geschenk?«

»Fast nichts.«

»Nun, aber …?«

»Den blauen Diamanten.«

»Den blauen Diamanten?«

»Ja, den falschen, den Sie mit dem Diamanten der Gräfin vertauschten, und der mir anvertraut wurde.«

Ein helles, lautes Lachen ertönte. Lupin wand sich vor Lachen; die Tränen kamen ihm in die Augen.

»Gott, wie spaßig das ist! Mein falscher Diamant kommt an den Matrosen zurück. Und dann die Sache mit der Uhr des Kapitäns! Und mit dem Zeiger der Wanduhr!«

Nie hatte Holmes den Kampf zwischen Lupin und sich so heftig empfunden. Mit seinem wunderbaren Instinkt erahnte er hinter dieser explosiven Heiterkeit eine gewaltige Gedankenkonzentration des Gegners, als wenn er noch einmal alle seine Kraft zusammennähme.

Langsam hatte sich Lupin genähert. Der Engländer wich einen Schritt zurück, fuhr zerstreut mit seinen Fingern in seine Westentasche und zog seine Taschenuhr.

»Es ist drei Uhr, Monsieur Lupin.«

»Schon drei Uhr? Wie schade! Die ganze Unterhaltung war so amüsant ...«

»Ich warte auf Ihre Antwort.«

»Auf meine Antwort? Gott, wie anspruchsvoll Sie sind! Also unsere Partie geht zu Ende, und als Einsatz verlangen Sie meine Freiheit?«

»Oder den blauen Diamanten.«

»Schön – Sie spielen zuerst. Was tun Sie?«

»Ich setze auf den König«, sagte Holmes, indem er einen Schuss aus seinem Revolver abgab.

»Und ich auf Trumpf«, antwortete Arsène, indem er einen Fausthieb gegen den Engländer führte.

Holmes hatte in die Decke geschossen, um Ganimard herbeizurufen, dessen Erscheinen ihm dringend notwendig schien. Aber der Faustschlag Arsènes saß Holmes gut gezielt in der Magengegend. Dieser erblasste und begann zu wanken. Mit einem Satz sprang Lupin auf den Kamin zu, und die Marmorplatte bewegte sich bereits ... Zu spät! Die Tür öffnete sich bereits.

»Ergeben Sie sich, Lupin, sonst ...«

Ganimard, der ohne Zweifel in größerer Nähe postiert gewesen war, als Lupin geglaubt hatte, stand da und hielt den Revolver auf ihn gerichtet, und er würde sicher nicht in die Decke schießen. Hinter Ganimard drängten sich zehn, zwanzig Mann von jenen handfesten und zupackende Sor-

te, die ihn beim geringsten Widerstand mit einem Polizeiknüppel niedergeschlagen hätten.
Völlig gelassen winkte er ab: »Machen Sie sich keine Mühe – ich ergebe mich.«
Und dabei verschränkte er die Arme über der Brust. Das gab ein Staunen. In dem von seinen Möbeln und Teppichen entblößten Zimmer tönten Arsène Lupins Worte wie ein Echo.
»Ich ergebe mich!«
Unglaubliche Worte!
Man war darauf gefasst, dass er plötzlich in einer Versenkung verschwände, oder dass ein Stück Mauer vor ihm einstürzen und ihn wiederum den Blicken seiner Angreifer entziehen würde. Doch er ergab sich!
Ganimard trat vor, sehr aufgeregt, und mit all dem Ernst, den ein solcher Akt mit sich brachte, legte er langsam die Hand auf den Arm des Gegners und sprach mit unendlicher Genugtuung: »Ich verhafte Sie, Arsène Lupin, im Namen des Gesetzes.«
»Brr«, sagte mit künstlichem Schaudern Lupin. »Da bekomme ich ja Angst, mein guter Ganimard! Welch düstere Miene! Man sollte meinen, Sie sprächen am Grab eines Freundes. Jetzt machen Sie doch nicht so eine leichenbittere Miene.«
»Ich verhafte Sie. Leisten Sie keinen unnötigen Widerstand.«
»Nicht doch so würdevoll! Im Namen des Gesetzes, dessen getreuer Vollstrecker er ist, verhaftet der Oberinspektor Ganimard den Schurken Lu-

pin. Ein historischer Moment, dessen ganzer Wichtigkeit Sie sich bewusst sind. Bravo, Ganimard! Sie werden es noch weit bringen in Ihrer Laufbahn.«
Und er streckte die Arme vor und ließ sich ruhig Handschellen anlegen.
Es geschah dies alles mit einer gewissen Feierlichkeit. Trotz ihrer gewöhnlichen Rauheit und ihrem Hass gegen Lupin handelten die Polizisten mit einer gewissen Zurückhaltung, gewissermaßen erstaunt darüber, dass es ihnen vergönnt war, dieses unfassbare Wesen zu berühren.
»Armer Lupin«, seufzte er leise, »was würden deine vornehmen Freunde sagen, wenn sie dich derartig gedemütigt sähen?«
Er versuchte die Fäuste mit immer größerer Anstrengung aller seiner Muskeln auseinanderzubringen. Die Adern seiner Stirn schwollen an. Die Glieder der Kette drangen ihm in die Haut ein.
»*Et voilà!*«, sagte er.
Die Kette fiel zersprengt zu Boden.
»Eine andere, Kameraden, die hier taugt nichts.«
Man legte ihm zwei neue an. Er nickte.
»*A la bonne heure!* Ihr könnt gar nicht vorsichtig genug sein.«
Dann zählte er die Polizisten.
»Wie viele seid ihr eigentlich, Freunde? Fünfundzwanzig? Dreißig? Das ist zu viel ... nichts zu machen. Ja, wenn ihr nur fünfzehn wäret!«
Er hatte wahrhaftig Haltung, die Haltung eines großen Schauspielers, der instinktiv und tempe-

ramentvoll seine Rolle mit frecher Grazie spielte. Holmes sah ihn an, wie man einem Schauspieler zusieht, dessen Schönheit und Nuancen man alle zu würdigen weiß. Und er hatte tatsächlich den seltsamen Eindruck, als wenn der Kampf zwischen diesen dreißig Mann, denen der ganze Ehrfurcht einflößende Apparat der Justiz zu Gebote stand, und zwischen diesem einzelnen Wesen ohne Waffen und in Ketten ein gleicher wäre. Die beiden Parteien waren einander gewachsen.
»Nun, Mister Holmes«, sagte Lupin zu ihm. »Das ist Ihr Werk. Dank Ihnen kann Lupin auf dem feuchten Stroh im Gefängnis verfaulen. Geben Sie zu, dass Sie innerlich nicht ganz ruhig sind, und dass Sie Gewissensbisse haben!«
Der Engländer zuckte mit den Schultern, als wenn er sagen wollte: *Es lag ja nur an Ihnen ...*
»Niemals!«, rief Lupin. »... Den blauen Diamanten ausliefern? Oh nein, er hat mich zu viel Mühe gekostet. Den behalte ich. Bei dem ersten Besuch, den ich Ihnen in London zu machen die Ehre haben werde, und zwar vermutlich schon im nächsten Monat, werde ich Ihnen die Gründe nennen. Aber werden Sie auch nächsten Monat in London sein? Ziehen Sie Wien vor, Petersburg?«
Er schaute überrascht auf. An der Decke tönte plötzlich eine Glocke. Das war nicht mehr das Alarmsignal, sondern ein Anruf auf dem Telefon, dessen Drähte zwischen zwei Fenstern in seinem Büro endeten und das noch nicht entfernt worden war.

»Das Telefon! Ha, wer ging denn hier in die Falle, die ein grässlicher Zufall stellte!«
Arsène Lupin bekam plötzlich eine Wut auf den Apparat und machte Anstalten, ihn in tausend Stücke zu zerbrechen und damit zugleich die geheimnisvolle Stimme ersticken zu wollen, die ihn zu sprechen verlangte. Aber Ganimard nahm den Hörer ab und hielt ihn an sein Ohr.
»Hallo ... Hallo, Nummer 64873 ...«
»Ja, das ist hier.«
Schnell, würdig schob Holmes ihn beiseite, seinerseits den Hörer und legte sein Taschentuch auf das Mundstück, um den Ton seiner Stimme unkenntlich zu machen.
In diesem Augenblick schaute er zu Lupin hin. Der Blick, den sie beide wechselten, bewies ihnen, dass beide denselben Gedanken gehabt hatten, und dass beide die letzten Konsequenzen dieser möglichen, wahrscheinlichen, so gut wie gewissen Vermutung voraussahen: Es war die blonde Dame, die da anrief. Sie glaubte mit Felix Davey oder Maxime Bermond zu sprechen und vertraute sich vielmehr Holmes an.
Der Engländer meldete sich: »Hallo ... Hallo ...«
Ein Schweigen. Und Holmes: »Ja, ich bin's, Maxime.«
Bald spielte sich eine höchst tragische Szene ab. Lupin, der unbezwingliche und spöttische Lupin, versuchte nicht einmal mehr, seine Sorgen zu verbergen, und mit bleichem, ängstlichem Gesicht bemühte er sich, etwas zu hören, zu erraten. Hol-

mes antwortete weiter auf die geheimnisvolle Stimme: »Hallo! Ja freilich, alles ist erledigt, und ich war gerade dabei, Sie wie verabredet aufzusuchen. Glauben Sie nicht, dass immer noch dort ...« Er stockte, suchte nach den richtigen französischen Worten, hielt dann plötzlich inne. Es war klar, dass er versuchen würde, ohne sich zu verraten, die junge Frau auszufragen, und dass er absolut nicht wusste, wo sie sich eigentlich befand. Außerdem schien ihn die Anwesenheit Ganimards zu stören.

Ach, wenn doch durch ein Wunder der Leitungsdraht dieser diabolischen Unterhaltung zerschnitten werden könnte! Lupin wünschte es mit aller Kraft und aller Anstrengung seiner Nerven herbei, dieses Wunder, während Holmes sagte: »Hallo ... Hallo ... Sie verstehen nicht? Ich auch nicht ... Sehr schlechte Verbindung ... Nur mit großer Mühe. Hören Sie noch? Nun ja, wenn ich's mir überlege, dann ist es besser, Sie gehen nach Hause ... Eine Gefahr? Gar keine ... Aber er ist ja in England! Ich habe eine Depesche aus Southampton bekommen, die mir seine Ankunft bestätigt.«

Was für eine Ironie in diesen Worten lag! Holmes artikulierte mit unaussprechlicher Glückseligkeit und fügte hinzu: »Also verlieren Sie keine Zeit, liebe Freundin, ich hole Sie ab.«

Er legte den Hörer wieder auf.

»Herr Ganimard, ich bitte Sie um drei von Ihren Leuten.«

»Für die blonde Dame, nicht wahr?«

»Ja.«
»Sie wissen, wo sie ist?«
»Ja.«
»Alle Wetter! Hübscher Fang ... und Lupin dazu ... ein lohnender Arbeitstag. Folenfant, holen Sie drei Mann und begleiten Sie den Herrn Holmes.«
Der englische Detektiv entfernte sich mit den vier Polizisten.
Das war das Ende. Auch die blonde Dame sollte Holmes in die Hände fallen.
Dank seiner wunderbaren Beharrlichkeit, dank dem Zusammentreffen glücklichster Umstände endete die Schlacht für ihn mit einem Sieg. Für Lupin aber mit einer nicht wieder wettzumachenden Niederlage.
»Mister Holmes!«
Der Engländer blieb stehen.
»Monsieur?«
Lupin schien durch diesen letzten Schlag völlig erschüttert. Runzeln furchten seine Stirn. Müde und düster sah er drein. Aber mit einem plötzlichen, energischen Ruck richtete er sich auf, und wieder lustig, heiter, rief er: »Sie werden zugeben, dass das Schicksal mich verfolgt. Eben noch hinderte es mich, zu entkommen und lieferte mich Ihnen aus. Diesmal bedient es sich des Telefons, um Ihnen die blonde Dame zum Geschenk zu machen. Ich beuge mich vor seinen Befehlen.«
»Was bedeutet das?«
»Es bedeutet, dass ich bereit bin, die Verhandlungen wiederzueröffnen.«

Holmes nahm den Inspektor beiseite und bat ihn, übrigens in einem Ton, der keinen Widerspruch duldete, um die Erlaubnis, einige Worte mit Lupin zu wechseln. Dann ging er auf diesen zu.
»Letzte Unterredung.«
Sein Ton war trocken und nervös.
»Was wollen Sie?«
»Fräulein Destanges Freiheit«
»Sie wissen doch den Preis?«
»Ja.«
»Und Sie willigen ein?«
»Ich willige in alle Bedingungen ein.«
»Ah!«, sagte der Engländer erstaunt.
»Aber eben noch weigerten Sie sich ... im eigenen Interesse ...«
»Es handelte sich nur um mich, Mister Holmes. Jetzt geht es um eine Frau, um eine Frau, die ich liebe. In Frankreich, sehen Sie, haben wir ganz besondere Anschauungen über diese Dinge. Und man handelt nicht etwa anders, weil man Lupin heißt – im Gegenteil.«
Er sagte das sehr schlicht. Holmes nickte unmerklich mit dem Kopf und murmelte: »Also um den Preis des blauen Diamanten.«
»Nehmen Sie meinen Spazierstock aus der Ecke des Kamins. Fassen Sie mit der einen Hand den Griff und drehen Sie mit der anderen Hand den eisernen Beschlag am unteren Ende des Stockes.«
Holmes nahm den Stock und drehte den Beschlag, dabei bemerkte er, dass der Griff sich abschrauben ließ. Im Innern des knopfförmigen Griffes be-

fand sich eine Kugel aus Wachs, in die Kugel eingebettet ein Diamant. Er betrachtete ihn genau. Es war der blaue Diamant – die Trophäe seines Sieges.
»Fräulein Destange ist frei.«
»Frei für die Zukunft wie für jetzt? Sie hat nichts mehr von Ihnen zu befürchten?«
»Weder von mir, noch von irgend jemandem.«
»Was auch kommen möge?«
»Was auch kommen möge. Ich habe ihren Namen und ihre Adresse eben vergessen.«
»Danke, und auf Wiedersehen – denn man wird sich wiedersehen. Nicht wahr, Herr Holmes?«
»Ich zweifle nicht daran.«
Es folgte zwischen dem Engländer und Ganimard eine ziemlich erregte Auseinandersetzung, die Holmes mit einer gewissen Schroffheit kurz abschnitt.
»Ich bedauere sehr, Herr Ganimard, nicht Ihrer Meinung sein zu können. Doch ich habe keine Zeit, Sie zu überzeugen. Ich reise in einer Stunde nach England ab.«
»Ja, aber die blonde Dame?«
»Ich kenne diese Person nicht.«
»Vor einem Augenblick noch ...«
»Ich kann mich nicht erinnern. Ich habe Ihnen bereits Lupin ausgeliefert. Hier ist außerdem der blaue Diamant, den Sie das Vergnügen haben werden, selbst der Gräfin von Crozon auszuhändigen. Ich sollte meinen, Sie haben sich nicht zu beklagen.«

»Aber die blonde Dame?«
»Suchen Sie sie.«
Er setzte seinen Hut auf und ging eilends fort, wie ein Herr, der es nicht gewohnt ist, sich noch lange aufzuhalten, wenn seine Geschäfte beendet sind.
»Glückliche Reise, Mister!«, rief Lupin ihm nach. »Seien Sie gewiss, dass ich nie die herzlichen Beziehungen vergessen werde, die zwischen uns bestanden. Viele Grüße an Herrn Wilson.«
Er bekam keine Antwort und spottete daraufhin: »Das nennt man, sich auf Englisch empfehlen. Ach, dieser ehrenwerte Inselbewohner ist nicht im Besitz jener distinguierten Höflichkeit, durch die wir uns auszeichnen. Denken Sie bloß, Ganimard, was ein Franzose sich bei solcher Gelegenheit für einen Abgang geleistet hätte! Durch welche raffinierte Höflichkeit würde er seinen Triumph maskiert haben! Doch Gott verzeih mir, Ganimard, was tun Sie da? Meinetwegen eine Untersuchung? Aber Liebster, Bester, es ist leider kein einziges Stück Papier mehr vorhanden. Meine Archive sind in Sicherheit.«
»Wer weiß, wer weiß.«
Lupin resignierte. Von zwei Inspektoren gehalten, von allen anderen Polizisten umringt, wohnte er geduldig den verschiedenen Maßnahmen bei. Doch nach etwa zwanzig Minuten seufzte er: »Etwas Tempo, bitte, Monsieur Ganimard, Sie werden ja gar nicht mehr fertig.«
»Sie haben es wohl sehr eilig?«
»Und ob ich es eilig habe! Ein wichtiges Treffen.«

»Im Polizeipräsidium?«
»Nein, in der Stadt.«
»Ha, um welche Zeit?«
»Um 2 Uhr.«
»Es ist schon nach drei.«
»Richtig, ich bin schon viel zu spät, und nichts ist mir verhasster als eine Verspätung – wie unhöflich.«
»Gestatten Sie mir noch fünf Minuten?«
»Aber nicht eine mehr.«
»Zu liebenswürdig, ich will versuchen ...«
»Reden Sie nicht soviel ... Auch noch diesen Wandschrank? Er ist doch leer!«
»Ja, aber hier sind Briefe.«
»Alte Geschäftsbriefe.«
»Nein, ein mit einem seidenen Band zusammengebundenes Paket.«
»Mit einem rosa Band? Ach, Ganimard, machen Sie es um Himmels willen nicht auf!«
»Es ist wohl von einer Frau?«
»Allerdings.«
»Von einer Frau aus der Gesellschaft?«
»Aus der besten.«
»Ihr Name?«
»Madame Ganimard.«
»Seht witzig, sehr witzig!«, rief der Inspektor mit heiserer Stimme.
In diesem Augenblick meldeten die in die anderen Räume geschickten Leute, dass die Untersuchung zu keinem Resultat geführt hätte. Lupin begann zu lachen.

»Da schau her, hofften Sie denn die Liste meiner Kameraden oder den Beweis für meine Beziehungen zum Deutschen Kaiser zu finden? Was Sie suchen müssten, Ganimard, sind die kleinen Geheimnisse dieses Zimmer. So ist zum Beispiel dieses Gasrohr hier in Wahrheit ein Sprachrohr. Dieser Kamin enthält eine Treppe. Diese Mauer ist hohl, und dieses Gewirr von Läutwerken! Passen Sie auf, Ganimard, drücken Sie einmal auf diesen Knopf.«

Ganimard gehorchte.

»Sie hören nichts?«, fragte Lupin.

»Nein.«

»Ich auch nicht. Dennoch haben Sie den Kommandanten meines Luftschiffparks benachrichtigt, dass er den lenkbaren Ballon in Bereitschaft halten soll, der uns bald in die Lüfte entführen wird.«

»Schon gut, schon gut«, sagte Ganimard, der seine Inspektion beendet hatte. »Genug der Dummheiten ... und nun vorwärts!«

Er machte einige Schritte. Die Mannschaften folgten ihm. Lupin wich nicht von der Stelle.

Seine Wächter stießen ihn vorwärts. Vergebens.

»Also«, sagte Ganimard. »Sie weigern sich, zu gehen?«

»Durchaus nicht.«

»In diesem Fall ...«

»Es kommt nur darauf an.«

»Worauf?«

»Wohin Sie mich bringen wollen.«

»In den Polizeigewahrsam, selbstredend.«
»Dann gehe ich nicht. Ich habe dort nichts zu tun.«
»Ja, sind Sie verrückt?«
»Habe ich nicht soeben die Ehre gehabt, Ihnen zu sagen, dass ich ein dringendes Rendezvous habe?«
»Lupin!«
»Ja, aber Ganimard! Die blonde Dame erwartet meinen Besuch, und Sie halten mich für so unhöflich, sie in Ungewissheit zu lassen. Das wäre doch eines galanten Mannes unwürdig.«
»Hören Sie, Lupin«, sagte der Inspektor, den dieser fortwährende Spott zu ärgern begann. »Ich bin bis jetzt Ihnen gegenüber außerordentlich zuvorkommend gewesen. Aber alles hat seine Grenzen. Folgen Sie mir.«
»Unmöglich. Ich habe ein Rendezvous, ich muss zu diesem Rendezvous gehen.«
»Zum letzten Mal.«
»Unmöglich.«
Ganimard gab ein Zeichen. Zwei Leute packten Lupin am Arm. Doch sie ließen ihn sofort wieder mit schmerzlichem Aufschrei los. Mit beiden Händen stach ihnen Lupin zwei lange Nadeln ins Fleisch. Rasend vor Wut stürzten sich die anderen auf ihn. Ihr Hass war endlich entfesselt. Sie brannten nur darauf, ihre Kameraden und sich selbst für all den Hohn zu rächen. Nach Herzenslust prügelten sie auf ihn los. Ein besonders heftiger Schlag traf ihn an die Schläfe. Er fiel zu Boden.

»Wenn ihr ihn mir totschlagt«, schimpfte Ganimard wütend, »dann kriegt ihr es mit mir zu tun. Der Kerl muss vor ein Gericht gestellt werden!«

Er neigte sich besorgt über Lupin. Da er aber bemerkte, dass sein Atem ruhig ging, befahl er, dass man ihn an Händen und Füßen fasste, während er selbst ihn um die Taille packte.

»Sachte, vor allem sachte! ... Keine Erschütterungen ... Ha, die rohen Kerle hätten ihn mir beinahe umgebracht. Nun, Lupin, wie geht es?«

Lupin öffnete die Augen. Er stammelte: »Das ist gar nicht schön, Ganimard. Sie haben mich demolieren lassen.«

»Ihre eigene Schuld, zum Donnerwetter. Sie mit Ihrem Eigensinn!«, antwortete Ganimard. »... Haben Sie Schmerzen?«

Man kam auf den Treppenflur. Lupin seufzte: »Ganimard ... den Fahrstuhl ... Sie zerbrechen mir ja alle Knochen.«

»Gute Idee, ausgezeichnete Idee«, nickte Ganimard. »Außerdem ist die Treppe zu eng ... Es ginge ja kaum anders.«

Er ließ den Fahrstuhl heraufkommen. Es war ein altes Modell mit Sitzen für die Herrschaften.

Man legte Lupin mit aller Vorsicht auf den einen Sitz, Ganimard nahm neben ihm Platz und sagte zu seinen Leuten: »Geht die Treppe runter und wartet an der Portiersloge auf den Lift. Verstanden?«

Er zog die Tür zu. Doch kaum war sie geschlossen, da ertönten Rufe. Mit einem Ruck war der

Fahrstuhl wie ein Gasballon, dessen Kabel man durchschnitten hat, in die Höhe geschnellt. Ein sardonisches Gelächter ertönte.
»Verflucht nochmal!«, schrie Ganimard, wobei er wie ein Wahnsinniger dauernd auf den Druckknopf für das Parterre drückte.
Da aber nichts passierte, rief er: »Den fünften! Bewacht die Tür des fünften Stockes!«
In gewaltigen Sprüngen kletterten die Beamten die Treppe hoch. Da geschah etwas Seltsames: Der Fahrstuhl schien die Decke des fünften Stockwerkes zu durchbrechen, verschwand vor den Augen der Agenten und hielt im obersten Stockwerk, wo die Zimmer der Dienerschaft lagen.
Drei Mann lauerten schon und rissen die Tür auf. Zwei von ihnen bemächtigten sich Ganimards, der, kopflos und in seinen Bewegungen gehindert, an keine Verteidigung dachte. Der dritte schaffte Lupin beiseite.
»Ich hatte es Ihnen ja vorausgesagt, Ganimard, eine Entführung im Ballon … und mit Ihrer Hilfe. Ein andermal seien Sie weniger mitleidig, und vor allem merken Sie sich, dass Arsène Lupin sich nicht ohne ernsten Grund schlagen und schlecht behandeln lässt. Adieu …«
Die Tür des Fahrstuhls war schon wieder geschlossen und dieser mit Ganimard auf dem Weg nach unten. Das alles ging so schnell, dass der alte Polizeimann die Beamten, die die Treppe nach unten genommen hatten, gerade an der Portiersloge einholte.

Wie auf Verabredung stürzten sie über den Hof und die Hintertreppe hinauf, über die man allein zu den Stuben der Dienerschaft unter dem Dach gelangen konnte, wo Lupin entflohen war. Ein langer, mehrfach gewundener Gang, an dem kleine nummerierte Zimmer lagen, führte dort zu einer Tür, die man einfach zugeschlagen hatte. Auf der anderen Seite der Tür, und folglich in einem anderen Haus, lag ein anderer Gang, der ebenfalls winkelig war und an dem ähnliche Stuben lagen. Am äußersten Ende befand sich wieder eine Dienertreppe.

Ganimard rannte hinunter, durchquerte einen Hof, ein Vestibül und gelangte in die Rue Picot. Da begriff er: Die beiden breiten Häuser stießen aneinander, und ihre beiden Frontseiten lagen an zwei sich nicht rechtwinklig kreuzenden, sondern parallelen Straßen, die mehr als 60 Meter voneinander entfernt waren.

Er trat in die Portiersloge und zeigte seine Legitimation vor. »Sind nicht eben vier Mann hier durchgekommen?«

»Ja. Die beiden Diener aus dem vierten und fünften Stock mit zwei Freunden.«

»Wer wohnt im vierten und fünften Stock?«

»Die Herren Fauvel und ihre Vettern Provost ... Sie sind heute ausgezogen. Nur die beiden Diener waren zurückgeblieben. Jetzt sind sie eben auch gegangen.«

Verflucht, dachte Ganimard, während er auf ein Sofa in der Portiersloge niedersank, *was ist uns da wieder für ein schöner Coup entgangen! Die ganze Bande wohnte in diesem Häuserkomplex.*

***

Vierzig Minuten später fuhren zwei Herren an der Gare du Nord vor und eilten zum Expresszug nach Calais. Ein Packträger folgte mit ihren Reisekoffern. Der eine der Herren trug den Arm in einer Schlinge, und sein blasses Gesicht deutete nicht auf die beste Gesundheit, der andere schien recht vergnügt.

»Schnell, Wilson, wir dürfen den Zug nicht verfehlen ... Ach, Wilson, nie vergesse ich diese zehn Tage.«

»Ich auch nicht.«

»Was für schöne Schlachten!«

»Herrliche.«

»Kaum hier und da ein wenig Verdruss.«

»Seht wenig.«

»Und schließlich Triumph auf der ganzen Linie. Lupin verhaftet! Der blaue Diamant wiedergefunden!«

»Mein Arm gebrochen.«

»Wenn es sich um solche Genugtuungen handelt, was macht da ein gebrochener Arm?«

»Besonders, wenn es meiner ist.«

»Nun ja, erinnern Sie sich, Wilson, in dem Augenblick, wo Sie beim Apotheker wie ein Held litten, habe ich den Faden entdeckt, der mich durch die Dunkelheit führte.«

»Was für ein glücklicher Zufall!«
Wagontüren wurden geschlossen …
»Einsteigen, bitte beeilen Sie sich, meine Herren!«
Der Gepäckträger kletterte in ein leeres Wagenabteil und legte die Koffer ins Netz, während Holmes dem unglücklichen Wilson einsteigen half.
»Aber was haben Sie, Wilson? Sie kommen ja kaum zurecht … Nur Mut, alter Kamerad!«
»Nicht Mut ist es, der mir fehlt.«
»Sondern?«
»Ich habe nur eine Hand zur Verfügung.«
»Was ist damit?«, rief Holmes vergnügt. »Kommen Sie mir nicht mit solchen Sachen. Man sollte meinen, Sie wären der einzige in diesem Zustand. Und die Einarmigen? Die eigentlichen Einarmigen? Ach was, das macht doch weiter nichts.«
Er reichte dem Gepäckträger ein Fünfzig-Centimes-Stück. »Schon gut, mein Lieber, alles für Sie.«
»Danke schön, Mister Holmes.«
Der Detektiv riss die Augen auf: »Arsène Lupin! Sie! … Sie!«, stammelte er verblüfft.
Und Wilson stotterte, indem er mit seiner unverletzten Hand mit der Bewegung von jemandem der etwas beweisen will, gestikulierte: »Sie! Sie! Aber Sie sind doch verhaftet! Holmes hat es mir gesagt! Als er Sie verließ, waren Sie von Ganimard und seinen dreißig Leuten umgeben.«
Lupin verschränkte die Arme und sagte mit ärgerlicher Miene: »Haben Sie also wirklich geglaubt, ich werde Sie reisen lassen, ohne Ihnen Lebewohl zu sagen? Bei den freundschaftlichen

Beziehungen, die immer zwischen uns bestanden! Aber das wäre ja höchst unkorrekt gewesen. Für wen halten Sie mich?«

Der Zug pfiff.

»Na, ich will es Ihnen nicht nachtragen ... Haben Sie auch alles, was Sie brauchen? Tabak? Streichhölzer? ... Ja, und die Abendzeitungen? Sie werden darin eine genaue Beschreibung meiner Verhaftung finden, Ihrer neuesten Heldentat, Gentlemen. Ich denke, wir sollten die Geschichte so stehen lassen. Das macht sich doch gut für Sie. Ach, Sie suchen Ihre Pistole, Mister Holmes? – Nun, die haben Sie wohl im Wagen liegen lassen, oder habe ich sie etwa in meiner Tasche? ... Und nun, auf Wiedersehen, habe mich sehr gefreut, Ihre Bekanntschaft gemacht zu haben ... Außerordentlich gefreut ... Sollten Sie je meiner bedürfen, so wird es mir ein Vergnügen sein!«

Er stieg auf den Bahnsteig hinab und schloss die Tür.

»Adieu!«, rief er noch einmal, indem er sein Taschentuch schwenkte. »Adieu, ich werde Ihnen schreiben ... Sie mir doch auch, nicht wahr? Und wegen Ihres gebrochenen Armes, Herr Wilson, das tut mir wirklich leid! Ich erwarte von Ihnen beiden Nachrichten. Meine Adresse ist: Lupin, Paris ... Das genügt ... Nicht nötig zu frankieren ... Adieu ... Auf baldiges Wiedersehen!«

Der Trauring – eine Erzählung

Yvonne d'Origny küsste ihren Sohn und ermahnte ihn, er solle recht artig sein.

»Du weißt, dass deine Großmutter Kinder nicht gern hat. Da du aber nun einmal zu ihr kommen sollst, musst du auch ein vernünftiger kleiner Junge sein.«

Und sie wandte sich der Erzieherin zu: »Vor allen Dingen, Fräulein, bringen Sie ihn gleich nach dem Diner wieder her. Ist der Graf noch da?«

»Jawohl, Frau Gräfin, der Herr Graf ist in seinem Arbeitszimmer.«

Als Yvonne d'Origny allein war, ging sie sofort ans Fenster, um ihrem Sohn nachzusehen. Er kam einen Augenblick später aus dem Haus heraus, blickte zu ihr herauf und warf ihr Kusshände zu wie immer. Da fasste ihn die Erzieherin so unsanft bei der Hand, dass Yvonne sich wunderte. Sie beugte sich weiter zum Fenster hinaus und sah plötzlich, gerade als der Junge die Ecke des Boulevards erreicht hatte, einen Mann aus einem Automobil steigen und auf ihn zu gehen. Dieser Mann, in dem sie Bernard, den vertrauten Diener ihres Mannes erkannte, packte den Jungen am Arm und befahl ihm, mit der Erzieherin in das Auto zu steigen. Dann gab er dem Chauffeur einen Wink, und der Wagen fuhr los.

Das alles hatte nicht länger als zwei Minuten gedauert. Halb besinnungslos vor Schreck lief Yvonne in ihr Schlafzimmer, warf einen Mantel

um und eilte zur Wohnungstür. Die Tür war abgeschlossen, und es stecke kein Schlüssel im Schloss.
Sie kehrte hastig in ihr Boudoir zurück. Auch dort war die Tür abgeschlossen.
Plötzlich trat ihr das Bild ihres Gatten vor Augen, sein finsteres Gesicht, das niemals ein Lächeln erheiterte, mit dem unbarmherzigen Blick, in dem sie seit Jahren soviel Groll und Hass gelesen hatte.
»Er war es ... er ...!«, rief eine Stimme in ihr. »Er hat mir das Kind entführt. Ach, es ist entsetzlich!«
Mit den Fäusten, mit den Füßen schlug und stieß sie gegen die Tür, stürzte dann an den Kamin und klingelte, klingelte wie rasend. Die Dienerschaft sollte kommen, die Leute auf der Straße zusammenlaufen. Immer heftiger drückte sie auf den Knopf. Es musste doch jemand kommen.
Ein Schlüssel wurde geräuschvoll umgedreht. Die Tür wurde heftig aufgestoßen. Auf der Schwelle des Boudoirs erschien der Graf. Und er blickte so finster, so grimmig, dass Yvonne anfing zu zittern.
Er trat ein. Fünf bis sechs Schritte trennten ihn noch von ihr.
Mit äußerster Anstrengung versuchte sie, eine Bewegung zu machen, aber vergebens, und als sie versuchte, einige Worte zu sprechen, konnte sie nur die Lippen bewegen und zusammenhanglose Laute hervorbringen. Sie hielt sich für verloren. Der Gedanke an den Tod erfüllte sie mit Entsetzen. Ihre Knie gaben nach, und sie brach stöhnend zusammen.

Der Graf stürzte auf sie zu und packte sie an der Kehle.
»Schweig! Schrei nicht ...«, herrschte er sie an, »sonst passiert etwas ...«
Als er sah, dass sie keinen Versuch mehr machte, sich zu wehren, lockerte er seinen Griff und zog Leinenbänder von verschiedener Länge, die er zu diesem Zweck vorbereitet hatte, aus der Tasche. Nach wenigen Minuten lag die junge Frau mit gebundenen Händen und an den Körper festgeschnürten Armen auf dem Diwan.
Unterdessen hatte die Dunkelheit das Boudoir erfüllt. Der Graf ließ das elektrische Licht aufflammen und ging zu einem kleinen Schreibtisch, in dem Yvonne ihre Briefe aufzubewahren pflegte. Als es ihm nicht gelang, ihn zu öffnen, brach er ihn mithilfe eines kleinen eisernen Hakens auf, leerte die Schubladen aus, packte alle Papiere zusammen und legte sie in eine Schachtel.
»Zeitverschwendung, nicht wahr?«, spottete er. »Nur Rechnungen und belanglose Briefe ... Kein Beweis gegen dich? Nun, wenn auch! Jedenfalls behalte ich meinen Sohn, und ich schwöre bei Gott, ich werde ihn nicht herausgeben ...«
Als er fortging, traf er an der Tür mit seinem Diener Bernard zusammen. Sie sprachen leise miteinander, aber Yvonne verstand trotzdem aus dem Mund des Dieners folgende Worte: »Ich habe die Antwort des Goldschmiedes erhalten. Er steht mir zur Verfügung.«
Und der Graf antwortete: »Die Sache wird auf

morgen Mittag verschoben. Meine Mutter hat mich eben angerufen und gesagt, dass sie nicht eher kommen kann.«

Darauf hörte Yvonne das leise Knirschen des Schlüssels im Schloss und den Hall von Schritten, die die Treppe bis zum Erdgeschoss hinuntergingen, wo sich das Arbeitszimmer ihres Gemahls befand.

Lange Zeit blieb sie untätig liegen. Ihr Gehirn durchrasten unklare Gedanken, die wie Flammen darin hin und her zuckten. Sie erinnerte sich an das unziemliche, rohe Betragen des Grafen, seine Drohungen, seinen Entschluss, sich scheiden zu lassen, und allmählich wurde ihr klar, dass sie das Opfer einer Verschwörung war, dass die Dienerschaft auf Befehl ihres Herrn fortgeschickt worden war, dass die Erzieherin gemeinsam mit Bernard ihren Sohn entführt hatte, und dass ihr Sohn nicht wiederkommen, sie ihn niemals wiedersehen würde.

»Mein Sohn!«, rief sie, »Mein Sohn!«

In der Verzweiflung des Schmerzes spannte sie alle ihre Nerven, alle ihre Muskeln zu rücksichtsloser Anstrengung an.

Da bemerkte sie zu ihrer größten Überraschung, dass ihre rechte Hand noch gewisse Bewegungsfreiheit hatte. Eine leise Hoffnung flammte in ihr auf, und geduldig begann sie damit, sich von den Fesseln zu befreien. Das war keine leichte Aufgabe. Lange Zeit brauchte sie, um die Knoten genügend zu lockern, und dann, als ihre Hand schon frei war, wieder viel Zeit, um die Bänder zu lösen, die ihre Arme oben um die Brust umspannten, und dann die, die ihre Knöchel umschnürten.

Aber der Gedanke an ihren Sohn gab ihr Kraft, und als die Kaminuhr acht schlug, fiel die letzte Fessel. Sie war frei!

Sie stand kaum auf den Füßen, da stürzte sie auch schon ans Fenster und riss es auf, um den ersten besten der Vorübergehenden anzurufen. Es ging gerade ein Polizist auf dem Trottoir auf und ab. Sie beugte sich hinaus. Aber als ihr die frische Nachtluft ins Gesicht schlug, wurde sie ruhiger und dachte an den Skandal, die gerichtlichen Untersuchungen, Prozessverhandlungen und an ihren Sohn. *Mein Gott! Mein Gott!*

Was sollte sie tun, um ihn wiederzubekommen? Auf welche Weise sollte sie entkommen? Beim geringsten Laut konnte der Graf sie überraschen. Und wer wusste, ob er nicht in einem Augenblick der Wut die Herrschaft über sich verlor und ihr Gewalt antat. Von Kopf bis zu den Füßen schüttelte sie schauderndes Entsetzen. Todesangst und der Gedanke an ihren Sohn fluteten in ihrem armen Gehirn durcheinander, und dem Ersticken nahe, stammelte sie: »Hilfe! Hilfe! …«

Dann hielt sie plötzlich inne, und, als ob dieses Wort einen Gedanken, eine Erinnerung in ihr wachgerufen hätte, und das Eintreffen einer Hilfe ihr nicht mehr so unmöglich erschien, wiederholte sie leise das Wort »Hilfe« noch mehrmals. Einige Minuten blieb sie in ein tiefes, ab und zu von

Tränen und Nervenzuckungen unterbrochenes Nachdenken versunken.
Dann streckte sie mechanisch die Hand nach einem kleinen Bücherschrank aus, der über dem Schreibtisch hing, nahm nacheinander vier Bände heraus, durchblätterte sie und stellte sie wieder an ihre Plätze, bis sie schließlich in dem fünften eine Visitenkarte fand, auf der ihre Augen die beiden Worte: *Horace Velmont* und die mit Bleistift geschriebene Adresse: *Cercle de la Rue Royale* entzifferten.
Da wiederholte ihr Gedächtnis ihr die sonderbare Äußerung, die dieser Mann vor einigen Jahren anlässlich eines Besuchs gemacht hatte: »Wenn Ihnen jemals eine Gefahr drohen sollte und Sie Hilfe brauchen, dann geben Sie ohne Verzug diese Karte, die ich in dieses Buch lege, zur Post, und zu welcher Stunde es auch sei, wie groß auch die Hindernisse sein werden, ich werde kommen.«
Und wie merkwürdig war sein Gesichtsausdruck, als er diese Worte sprach! Welch eine Willenskraft, welch sicheres Selbstbewusstsein, welch eine unbezwingliche Kühnheit bekundete sein ganzes Wesen!
Rasch, ohne sich von ihrem Tun Rechenschaft zu geben, unter dem Drang eines unwiderstehlichen Impulses, dessen Konsequenzen sie nicht übersehen konnte, nahm Yvonne mit automatischen Bewegungen einen großen, festen Umschlag, steckte die Visitenkarte hinein, klebte ihn zu, schrieb ihre Adresse sowie die beiden Zeilen:

Eilige Postsache!
M. Horace Velmont, Cercle de la Rue Royale

darauf und trat an das halbgeöffnete Fenster. Draußen ging der Polizist noch auf und ab. Sie warf den Brief aufs Geratewohl hinunter auf das Pflaster. Hoffentlich würde jemand ihn aufheben und in den nächsten Briefkasten stecken.
Kaum hatte sie die Aktion beendet, da drängte sich ihr auch schon die ganze Widersinnigkeit ihres Verhaltens auf. Es war töricht, anzunehmen, dass diese Botschaft ihr Ziel erreichen würde, und noch törichter, zu hoffen, dass der Mann, den sie rief, ihr zu Hilfe kommen könne, zu welcher Stunde es auch sei, und wie groß auch die Hindernisse wären. Eine Gegenreaktion ihres Körpers trat ein und um so stärker, je sprunghafter und gewaltsamer die Anstrengung gewesen war. Yvonne wankte, stützte sich auf einen Sessel und ließ sich darauf niederfallen. Ihre Willenskraft war erschöpft, gebrochen.
Und die Zeit schlich langsam dahin, die trübe Zeit der Winterabende, wenn nur die vorüberrollenden Wagen die Stille der Straßen unterbrechen. Die Uhr schlug, schlug wieder, unerbittlich. In dem Halbschlaf, der sie umfing, zählte die junge Frau die Schläge.
Es drangen auch bekannte Geräusche aus den verschiedenen Stockwerken des Hauses zu ihr, die ihr sagten, dass ihr Gemahl zu Abend gegessen hatte, dass er in sein Schlafzimmer hinauf-

ging, und dass er wieder in sein Arbeitszimmer herabstieg.
Aber alles das schien ihr ganz fern und unbestimmt, und so groß war die Erschlaffung ihres Bewusstseins, dass sie nicht einmal daran dachte, sich wieder auf dem Diwan auszustrecken, für den Fall, dass ihr Mann kommen sollte …
Zwölf Schläge, Mitternacht … halb eins … ein Uhr … Yvonne dachte über nichts mehr nach; sie wartete auf die Ereignisse, die da kommen würden. Jede Auflehnung gegen das Schicksal war ja doch nutzlos. Sie stellte sich ihren Sohn und sich selbst vor, wie man sich Wesen vorstellt, die viel gelitten haben und deren Leiden vorbei sind, und die sich nun liebevoll umarmen.
Aber dann ließ eine alptraumhafte Vorstellung sie hochschrecken. Da war jemand, der wollte sie voneinander trennen, und sie hatte die Empfindung, als ob sie weinte und röchelte …
Plötzlich richtete sie sich auf. Der Schlüssel hatte sich im Schloss gedreht. Gewiss kam der Graf, durch ihr Angstgeschrei herbeigerufen. Sie sah sich nach einer Waffe um, sie wollte sich verteidigen. Aber die Tür wurde rasch aufgestoßen, und äußerst erstaunt, als ob der Anblick, der sich ihren Blicken bot, das unerklärlichste Wunder bedeutete, stammelte sie: »Sie … ! Sie …!«
Ein Mann im Gesellschaftsanzug, Mantel und Zylinder unter dem Arm, trat auf sie zu, und sie erkannte den schlanken, eleganten jungen Mann wieder, es war Horace Belmont.

»Sie!«, stammelte sie noch einmal.

Er sagte, indem er sich verneigte: »Ich bitte um Verzeihung, Frau Gräfin; Ihr Brief ist mir etwas spät überbracht worden.«

»Ist es möglich! Ist es möglich, dass Sie es sind! ... Wie konnten Sie ...«

Er schien sehr verwundert.

»Hatte ich Ihnen nicht versprochen, auf Ihren Ruf hin sofort herbeizueilen?«

»Ja ... aber ...«

»Nun, hier bin ich«, sagte er lächelnd.

Er betrachtete die Leinenbänder, von denen Yvonne sich glücklich befreit hatte, und schüttelte den Kopf, während er sich nach allen Seiten forschend umsah.

»Das sind also die Mittel, die hier verwendet werden? Graf d'Origny, nicht wahr? ... Ich sehe schon, dass er Sie zur Gefangenen gemacht hat ... Aber der Eilbrief? ... Ah! Durch dieses Fenster ... Welche Unvorsichtigkeit, dass Sie es nicht wieder zugemacht haben!«

Er schloss sorgsam die beiden Flügel.

Yvonne fuhr hoch. »Wenn man Sie hört!«

»Es ist niemand im Haus. Ich habe nachgesehen.«

»Trotzdem ...«

»Ihr Herr Gemahl ist vor zehn Minuten ausgegangen.«

»Um diese Zeit? Wo ist er?«

»Bei seiner Mutter, der Gräfin d'Origny.«

»Woher wissen Sie das?«

»Oh! Das ist sehr einfach! Er ist telefonisch gerufen worden – eine ernste gesundheitliche Komplikation – und ich habe den Erfolg des Anrufs draußen an der Ecke abgewartet. Wie ich vorausgesehen habe, ist der Graf mit seinem Diener Hals über Kopf losgefahren, und dann bin ich sofort mithilfe von Nachschlüsseln hereingekommen.«

Er erzählte das alles auf die natürlichste Weise von der Welt, so wie man im Salon irgendeine bedeutungslose Geschichte erzählt.

Desto unruhiger zeigte sich aber Yvonne.

Sie fragte: »Also ist es nicht wahr, dass seine Mutter krank ist? ... Dann wird mein Mann gleich wiederkommen.«

»Gewiss, der Graf wird merken, dass man sich einen Scherz mit ihm erlaubt hat, und in höchstens einer Dreiviertelstunde ...«

»Wir wollen fort ... er soll mich hier nicht wiederfinden. Ich will zu meinem Sohn ...«

»Einen Augenblick ...«

»Einen Augenblick! ... Aber wissen Sie denn nicht, dass er mir entführt worden ist? Dass ihm vielleicht ein Leid angetan wird ...?«

Mit angstverzerrtem Gesicht und fieberhaften Bewegungen suchte sie Velmont zum Gehen zu drängen.

Aber er zwang sie behutsam, sich zu setzen, und, in ehrerbietiger Haltung über sie gebeugt, sprach er in ernstem Ton auf sie ein: »Hören Sie mich an, Frau Gräfin, und lassen Sie uns keine Zeit verlieren, denn jede Minute ist kostbar. Zunächst erinnern Sie sich an folgendes: Wir sind uns viermal begegnet, vor sechs Jahren ... Und das vierte Mal in den Salons dieses Hauses, als ich zu Ihnen ... wie soll ich mich ausdrücken? Als ich etwas zu bewegt zu Ihnen sprach, und Sie mir bedeuteten, dass meine Besuche Ihnen nicht willkommen seien. Seitdem habe ich Sie nicht wiedergesehen. Und dennoch, trotz alledem war Ihr Vertrauen zu mir so groß, dass Sie die Karte, die ich Ihnen zwischen die Blätter dieses Buches gesteckt hatte, aufbewahrten und mich, keinen anderen, jetzt, nach sechs Jahren, riefen. Und dieses Vertrauen bitte ich mir jetzt wieder zu beweisen. Sie müssen mir blindlings folgen. So wie ich allen Hindernissen zum Trotz zu Ihnen gekommen bin, so werde ich auch Sie retten, wie schwierig die Lage auch sein mag.«

Seine Ruhe, sein gebieterischer und doch freundschaftlicher Ton beruhigten allmählich die junge Frau. In ihrer Schwäche fühlte sie sich der in Gesellschaft dieses Mannes beschützt und behütet.

»Fürchten Sie nichts!«, fuhr er fort. »Die alte Gräfin d'Origny wohnt am äußersten Ende des Bois de Vincennes. Selbst angenommen, Ihr Herr Gemahl fährt sehr schnell, so kann er doch erst um Viertel nach drei zurück sein. Jetzt ist es fünfundzwanzig Minuten vor drei. Ich schwöre Ihnen, dass wir Punkt drei Uhr fortgehen, und dass ich Sie direkt zu Ihrem Sohn führen werde. Aber ich will nicht gehen, bevor ich alles weiß.«

»Was muss ich tun?«, fragte sie.

»Mir möglichst klar antworten. Wir haben noch

zwanzig Minuten Zeit. Das genügt. Es ist aber auch nicht sonderlich viel.«

»Fragen Sie!«

»Glauben Sie, dass der Graf Pläne ... verbrecherischer Art hat?«

»Nein.«

»Es geht also um Ihren Sohn?«

»Ja.«

»Er hat ihn entführt, weil er sich von Ihnen scheiden lassen will, nicht wahr, um eine andere Frau, eine Ihrer früheren Freundinnen, der Sie das Haus verboten haben, zu heiraten? ... Oh! Ich beschwöre Sie, antworten Sie mir ohne Umschweife! Das sind ja stadtbekannte Tatsachen, und Ihr Zögern, Ihre Bedenken, alles muss jetzt zurückstehen, denn es geht ja um Ihren Sohn. Also, Ihr Herr Gemahl will eine andere Frau heiraten?«

»Ja.«

»Diese Frau hat kein Vermögen. Und der Graf hat sich ruiniert und hat keine anderen Einkünfte als die Rente, die ihm seine Mutter, die Gräfin d'Origny, ausgesetzt hat, und die Zinsen des bedeutenden Vermögens Ihres Sohnes, das dieser von Ihren beiden Onkeln geerbt hat. Dieses Vermögen möchte Ihr Gemahl sich zu eigen machen, und er kann es leichter an sich bringen, wenn ihm das Kind anvertraut wird. Dazu gibt es nur ein Mittel: die Scheidung. Irre ich mich?«

»Nein.«

»Bisher hielt ihn davor nur Ihre Weigerung zurück.«

»Ja, und meine Schwiegermutter, deren religiösen Empfindungen eine Scheidung widerstrebt. Die Gräfin d'Origny würde nur in einem Fall nachgeben ...«
»Und der wäre?«
»Wenn der Beweis geführt werden könnte, dass ich meinem Mann untreu gewesen bin.«
Belmont zuckte die Achseln.
»Dann kann er nichts tun, weder gegen Sie noch gegen Ihr Kind. Vor dem Gesetz, wie auch mit Rücksicht auf seine Interessen, wird er an einem unüberwindlichen Hindernis scheitern: an der Tugend einer ehrenhaften Frau. Aber trotzdem nimmt er plötzlich diesen Kampf gegen Sie auf ...«
»Was denken Sie darüber?«
»Ich denke, wenn ein Mann wie der Graf, nach so langem Zaudern und trotz aller Unmöglichkeiten, sich in ein so ungewisses Abenteuer hineinwagt, dann hat er neue Beweismittel in den Händen, oder er glaubt zumindest, welche zu haben.«
»Was für welche?«
»Ich weiß es nicht. Aber sie sind vorhanden ... sonst hätte er nicht Ihren Sohn entführt.«
»Das ist ja entsetzlich!«, rief Yvonne voller Verzweiflung. »Wie soll ich denn wissen, was er getan haben mag! Was er sich ausgedacht hat.«
»Denken Sie genau nach ... Besinnen Sie sich auf alle Einzelheiten. Zum Beispiel: War in diesem Schreibtisch, den er aufgebrochen hat, nicht irgendein Brief, den er etwa gegen Sie verwenden könnte?«

»Nein.«
»Und ließen die Worte, die er zu Ihnen gesprochen hat, ließen seine Drohungen Sie nicht irgendetwas erahnen?«
»Nichts.«
»Trotzdem ...«, beharrte Velmont. »Es muss etwas Konkretes sein. Hat der Graf keinen intimen Freund, dem er sich anvertraut?«
»Nein.«
»Ist gestern niemand hier gewesen?«
»Niemand.«
»War er allein, als er Sie gefesselt und eingeschlossen hat?«
»In dem Augenblick, ja.«
»Aber nachher?«
»Nachher traf er seinen Diener an der Tür, und ich hörte, wie sie von einem Goldschmied sprachen.«
»Ist das alles?«
»Und von etwas, was am folgenden Mittag, also heute, vorgehen sollte, weil die Gräfin d'Origny nicht eher kommen könne.«
Velmont überlegte.
»Hat dieses Gespräch einen Sinn, der Sie über die Pläne Ihres Gatten aufklären könnte?«
»Ich finde keinen ...«
»Wie steht es um Ihre Schmucksachen?«
»Mein Mann hat sie verkauft.«
»Ist Ihnen gar nichts davon geblieben?«
»Nein.«
»Nicht einmal ein Ring?«

»Nein«, sagte sie und zeigte ihre Hände. »Keiner von Wert. Nur dieser hier.«
»Das ist Ihr Trauring?«
»Jawohl, mein Trauring ...«
Sie stockte, und Velmont bemerkte, dass sie verlegen errötete und leise vor sich hinmurmelte: »Sollte es das sein? ... Aber nein ... Er weiß nicht ...«
Velmont bestürmte sie sofort mit Fragen, aber Yvonne schwieg, unbeweglich und mit angstvoller Miene.
Endlich antwortete sie leise: »Es ist nicht mein Trauring. Eines Tages, es ist schon lange her, ist er mir in meinem Zimmer vom Kaminsims, auf den ich ihn gelegt hatte, herunterfallen, und trotz allen Suchens habe ich ihn nicht wiederfinden können. Ohne jemand davon etwas zu sagen, habe ich mir einen anderen bestellt, den hier, den ich jetzt trage.«
»Der richtige Ring trug das Datum Ihrer Trauung?«
»Ja, den dreiundzwanzigsten Oktober.«
»Und der neue?«
»Darauf steht kein Datum. Ich wollte nicht mehr an diesen Tag erinnert werden, an dem mein Leidensweg begann.«
Ihr Geständnis kam zögernd heraus, und er merkte ihr eine große Unruhe an, die sie auch gar nicht zu verbergen suchte.
»Ich flehe Sie an«, rief er. »Verschweigen Sie mir nichts! Sie sehen, wie weit wir in wenigen Minu-

ten mit etwas Logik und ruhiger Überlegung gelangt sind. Ich bitte Sie inständigst, lassen Sie uns so weiter fortfahren!«

»Ist das denn so nötig?«, fragte sie.

»Ich bin überzeugt, dass auch der geringste Umstand seine Bedeutung hat, und dass wir dem Ziel nahe sind. Aber wir müssen uns beeilen. Die Lage ist ernst.«

»Ich habe nichts zu verheimlichen«, sagte sie und hob den Kopf wieder. »Es war in der unglücklichsten und gefährlichsten Zeit meines Lebens. Zu Hause gedemütigt, war ich in der Gesellschaft von Verehrern umschwärmt und Versuchungen und Fallstricken ausgesetzt, wie jede von ihrem Gatten vernachlässigte Frau. Da erinnerte ich mich eines Mannes, der mich vor meiner Heirat geliebt hatte, aber seine Liebe war aussichtslos, und er ist inzwischen gestorben. Den Namen dieses Mannes habe ich eingravieren lassen und diesen Ring getragen, wie man einen Talisman trägt. Nicht aus Liebe zu ihm, denn ich war ja die Frau eines anderen. Aber in der geheimsten Tiefe meines Herzens hegte ich eine Erinnerung, einen vergangenen Traum, etwas Liebes, das mich aufrechterhielt.«

Sie hatte das langsam und ohne Verlegenheit berichtet, und Velmont zweifelte keine Sekunde daran, dass sie die vollkommene Wahrheit gesagt habe. Da er schwieg, verfiel sie wieder in peinliche Unruhe und fragte ihn: »Meinen Sie, dass mein Mann ...«

Er fasste ihre Hand und sagte, während er sich den Ring ansah: »Das ist die Lösung. Ihr Herr Gemahl hat von der Vertauschung der Ringe und der neuen Gravur Kenntnis erhalten; auf welche Weise, weiß ich nicht. Heute Mittag wird seine Mutter kommen. Er wird Sie vor Zeugen zwingen, Ihren Ring abzustreifen, und sich so zugleich die Einwilligung seiner Mutter und einen Vorwand zur Ehescheidung verschaffen.«

»Ich bin verloren«, stöhnte sie, »ich bin verloren!«

»Im Gegenteil! Sie sind gerettet. Geben Sie mir diesen Ring. Er soll dann einen anderen Ring finden, den ich Ihnen vor dem Mittag noch zustellen werde, und auf dem wird das Datum des dreiundzwanzigsten Oktober stehen. Auf diese Weise ...«

Er brach plötzlich ab. Während er sprach, war Yvonnes Hand in der seinen eiskalt geworden, und als er aufblickte, sah er, dass die junge Frau erschreckend blass war.

»Was ist mit Ihnen? ... So reden Sie doch!«

»Ich bin verloren! ... Ich kann den Ring schon lange nicht mehr vom Finger abziehen! Er ist zu klein geworden! ... Verstehen Sie? ... Das hatte bisher keine Wichtigkeit, und ich dachte gar nicht daran ... Aber jetzt ... Dieser Beweis ... Diese Beschuldigung ... Oh, welche Qual! Sehen Sie ... Er ist eins mit meinem Finger geworden ... Er ist in mein Fleisch eingewachsen und ich kann nicht ... ich kann nicht ...«

Sie zog mit aller Kraft auf die Gefahr, sich zu verwunden, aber vergeblich. Das Fleisch schwoll um den Ring an, aber er rückte nicht vom Fleck.

»Ach!«, stammelte sie, von einem erschreckenden Gedanken bedrückt. »Ich erinnere mich ... vorige Nacht hatte ich Alpträume. Es war mir so, als ob jemand in mein Zimmer käme und meine Hand fasste. Ich konnte mich nicht aus dem Schlaf aufrütteln ... Das war er! Er war es! Er hatte mich eingeschläfert, davon bin ich überzeugt ... und er betrachtete den Ring ... Und nun wird er ihn mir in Gegenwart seiner Mutter abnehmen ... Jetzt versteh ich auch, was es mit dem Goldschmied für eine Bewandtnis hat ... der soll ihn mir von der Hand abfeilen ... Sie sehen ... Sie sehen ... ich bin verloren ...«

Sie verhüllte ihr Gesicht und brach in Tränen aus. Während beide schwiegen, schlug die Uhr einmal, dann noch einmal und ein drittes Mal. Yvonne sprang auf.

»Er ist gleich da!«, rief sie. »Er kommt ... es ist drei Uhr ... Wir müssen fort ...!«

Sie warf sich ihren Mantel um und lief zur Tür. Er versperrte ihr den Weg und sagte gebieterisch: »Sie dürfen nicht gehen!«

»Mein Sohn! Ich muss ihn sehen, ihn wiederhaben ...«

»Wissen Sie denn wenigstens, wo er ist?«

»Ich will fort!«

»Sie dürfen nicht fort! ... Das wäre Wahnsinn.«

Er fasste sie bei den Handgelenken. Sie wollte sich losmachen, und Velmont musste einige Gewalt anwenden, um ihren Widerstand zu überwinden. Schließlich gelang es ihm, sie zum Diwan zurückzubringen und niederzuzwingen. Dann nahm er die Leinenbänder und begann, wieder ihre Arme und Füße zu fesseln.

»Ja«, sagte er. »Es wäre der reine Wahnsinn! Wer sollte Sie losgebunden, wer Ihnen diese Tür aufgemacht haben? Doch nur ein Mitschuldiger. Welch ein Belastungsmoment wäre das gegen Sie, und welchen Gebrauch würde Ihr Gemahl seiner Mutter gegenüber davon machen! Und was hätten Sie davon, wenn Sie fliehen? Das hieße, dass Sie in die Scheidung einwilligen. Man kann niemals wissen, wie so etwas vor Gericht ausgeht ... Sie müssen hierbleiben.«

Sie schluchzte.

»Ich fürchte mich ... ich fürchte mich. Dieser Ring brennt mir an der Hand ... Zerbrechen Sie ihn ... Schaffen Sie ihn fort, so dass er nie wieder gefunden wird ...!«

»Und wer soll ihn zerbrochen haben, wenn er nicht an Ihrem Finger gefunden wird? Wieder ein Mitschuldiger! ... Nein, Sie müssen den Kampf wieder aufnehmen und ihn tapfer durchfechten; dann bürge ich Ihnen für einen guten Erfolg. Haben Sie Vertrauen zu mir ... Und wenn ich mich an die Gräfin d'Origny selbst heranmachen müsste, um diese Zusammenkunft zu verzögern ... und wenn ich selbst vor zwölf Uhr mittags kommen müsste, damit der Ring, den sie Ihnen von der Hand reißen, Ihr Trauring sein wird, und kein an-

derer, das schwöre ich Ihnen ... und auch Ihr Sohn wird Ihnen wiedergegeben werden.«
Durch seine Zuversicht besiegt, bot sich Yvonne jetzt selbst für die Fesselung an. Als er sich wieder aufrichtete, war sie ebenso gebunden wie vorher. Er untersuchte das Zimmer, um sich zu überzeugen, dass keine Spur von seiner Anwesenheit zurückblieb. Dann beugte er sich noch einmal über die junge Frau und flüsterte: »Denken Sie an Ihren Sohn, und was auch geschehen mag, fürchten Sie nichts ... ich wache über Sie.«
Sie hörte ihn die Boudoirtür und einige Minuten später die Haustür öffnen und schließen.
Um halb vier Uhr hielt ein Automobil vor dem Hause an. Die Tür unten schlug noch einmal zu, und gleich darauf sah Yvonne ihren Gatten mit zornigem Gesicht eintreten.
Er eilte auf sie zu, überzeugte sich, dass sie immer noch gefesselt war, fasste ihre Hand und sah den Ring prüfend an. Yvonne verlor die Besinnung ...
Als sie erwachte, wusste sie nicht genau, wie lange sie geschlafen hatte. Aber das helle Tageslicht leuchtete in ihr Boudoir, und bei der ersten Bewegung, die sie machte, merkte sie, dass die Bänder zerschnitten waren. Da wandte sie den Kopf und sah ihren Gatten, der sie beobachtete, neben dem Diwan sitzen.
»Mein Sohn ... mein Sohn ...«, seufzte sie. »Ich will meinen Sohn wiederhaben!«
Er erwiderte so, dass sie den Hohn aus seiner Stimme heraushörte: »Unser Sohn ist an einem si-

cheren Ort. Und jetzt geht es nicht um ihn, sondern um uns. Wir stehen einander zweifellos zum letzten Mal gegenüber, und die Auseinandersetzung, die uns bevorsteht, wird ernst sein. Ich muss dir mitteilen, dass sie in Gegenwart meiner Mutter stattfinden wird. Findest du etwas Unpassendes dabei?«

Yvonne tat sich Gewalt an, um sich ihre Angst nicht anmerken zu lassen, und antwortete: »Keineswegs, deine Mutter ist eine ehrbare und gottesfürchtige Frau.«

»Kann ich sie rufen?«

»Ja. Und lass mich unterdessen allein. Ich werde bereit sein, wenn sie kommt.«

»Meine Mutter ist hier.«

»Deine Mutter ist hier?«, rief Yvonne erschrocken, wobei sie an Horace Velmonts Versprechen dachte.

»Was ist daran so bemerkenswert?«

»Und jetzt? ... Sie kommt jetzt gleich ...?«

»Ja.«

»Warum? ... Warum nicht heute Abend? Morgen?«

»Jetzt und sofort«, erklärte der Graf. »Heute Nacht ist etwas recht Sonderbares passiert, was ich mir nicht erklären kann: Ich wurde in der offensichtlichen Absicht, mich von hier wegzulocken, zu meiner Mutter gerufen. Das veranlasst mich, die Auseinandersetzung zu beschleunigen. Willst Du nicht vorher etwas zu dir nehmen?«

»Nein ... nein ...«

»Dann werde ich jetzt also meine Mutter rufen.«
Er ging in Yvonnes Schlafzimmer. Diese warf einen Blick auf die Uhr; es war fünfundzwanzig Minuten vor elf.
»Ach!«, stöhnte sie, und ein Schauder des Entsetzens durchbebte sie. Bereits in fünfundzwanzig Minuten elf Uhr! Horace Velmont konnte sie nicht retten, und niemand, niemand auf der Welt würde sie retten können, denn es gab kein Wunder, das den goldenen Ring an ihrem Finger wegzaubern konnte.
Der Graf kam mit der alten Gräfin d'Origny zurück und bat sie, sich zu setzen. Sie war eine große, hagere, wenig graziöse Frau und hatte Yvonne gegenüber immer nur Feindseligkeit gezeigt. Sie grüßte nicht einmal ihre Schwiegertochter und bewies dadurch, dass sie schon für die Anklage gewonnen war.
»Ich glaube«, sagte sie, »es ist unnütz, noch lange zu reden. Kurz, mein Sohn glaubt ...«
»Mama«, sagte der Graf, »ich glaube nicht bloß, ich weiß und kann eidlich versichern, dass der Tapezierer vor drei Monaten, in den Ferien, als er die Teppiche in diesem Boudoir und dem Schlafzimmer zusammenrollte, in einer Ritze des Parketts den Trauring gefunden hat, den ich meiner Frau geschenkt habe. Hier ist dieser Ring. Das Datum des dreiundzwanzigsten Oktober ist auf der Innenseite eingraviert.«
»Dann ist also«, sagte die alte Gräfin, »der Ring, den deine Frau trägt ...«

»Den zweiten Ring hat sie sich als Ersatz für den echten machen lassen. Auf meine Weisungen hat sich Bernard, mein Diener, erkundigt und nach langem Suchen schließlich den kleinen Juwelier, an den sie sich gewandt hatte, in der Umgegend von Paris, wo er jetzt wohnt, ausfindig gemacht. Dieser Mann erinnert sich ganz genau und ist bereit, mir zu bezeugen, dass die Käuferin kein Datum, sondern einen Namen eingravieren ließ. Dieser Name ist ihm nicht mehr gegenwärtig, aber vielleicht kann sich der Geselle, der bei ihm in seiner Werkstatt arbeitete, noch daran erinnern. Ich habe ihm brieflich mitgeteilt, dass ich seine Dienste brauche, und er hat mir gestern geantwortet, dass er mir zur Verfügung steht. Heute Morgen um neun Uhr ist Bernard ihn holen gegangen. Beide warten in meinem Arbeitszimmer.«

Und zu seiner Frau gewendet, sagte er: »Willst du mir diesen Ring freiwillig geben?«

Sie sagte mit Nachdruck: »Seit der Nacht, in der du versuchtest, ihn mir ohne mein Wissen wegzunehmen, weißt du wohl, dass es unmöglich ist, ihn von meinem Finger abzustreifen.«

»Also muss ich den Mann heraufkommen lassen? Er hat das nötige Werkzeug bei sich.«

»Ja«, sagte sie, und ihre Stimme klang so schwach wie ein Seufzer. Sie hatte sich in ihr Schicksal ergeben. Wie in einer Vision sah sie ihre Zukunft, mit dem Skandal, der Ehescheidung, die zu ihren Ungunsten ausgesprochen würde, wie das Kind

dem Vater zuerkannt werden würde, und sie nahm das alles mit dem Gedanken hin, dass sie ihren Sohn entführen und mit ihm ans Ende der Welt gehen würde, und dass sie dort allein glücklich zusammen leben würden.
Ihre Schwiegermutter sagte: »Sie sind recht leichtsinnig gewesen, Yvonne.«
Yvonne war nahe daran, ihr die Wahrheit zu gestehen und sie um Schutz zu bitten. Aber wozu? Wie konnte sie annehmen, dass die Gräfin d'Origny an ihre Unschuld glauben würde? Und sie antwortete nichts.
Zudem kam auch der Graf sofort wieder herein, und sein Diener folgte ihm mit einem Mann, der ein Bündel unter dem Arme trug.
»Sie wissen, worum es sich handelt!«, sagte der Graf zu diesem Mann.
»Ja«, antwortete der Handwerker. »Ein Ring, der zu eng geworden ist, soll durchgeschnitten werden ... Das ist leicht. Bloß ein Kniff mit der Zange!«
»Und dann sollen Sie nachsehen«, sagte der Graf, »ob die Inschrift auf der Innenseite des Ringes von Ihnen eingraviert worden ist.«
Yvonne sah auf die Uhr. Es war zehn Minuten vor elf.
Zuweilen glaubte sie den Klang streitender Stimmen im Hause zu hören, und unwillkürlich flackerte die Hoffnung wieder in ihr auf. Vielleicht war es Belmont gelungen ... Aber als sich das Geräusch wiederholte, musste sie sich sagen, dass es

von Straßenhändlern herstammte, die unter den Fenstern vorüberzogen.
Es gab keine Rettung mehr. Horace Velmont hatte ihr nicht helfen können. Und es wurde ihr klar, dass sie nur auf die eigene Kraft vertrauen durfte, um ihr Kind zu retten, denn auf die Versprechungen anderer kann man nicht vertrauen.
Sie schrak zurück, als sie die schmutzige Hand des Handwerkers auf der ihrigen sah.
Der Mann entschuldigte sich verlegen, und der Graf sagte: »Die Aufgabe muss trotzdem erledigt werden.«
Da streckte sie zitternd ihre zarte Hand aus. Der Handwerker ergriff sie, drehte die Handfläche nach oben und stützte sie auf dem Tisch auf. Yvonne spürte die kühle des Stahls. Sie wünschte den Tod, einen sofortigen Tod, und indem sie diesen Gedanken weiter verfolgte, dachte sie an Gifte, die sie sich kaufen würde, und deren Wirkung sie fast unmerklich einschläfern sollten.
Die Operation ging rasch vonstatten. Die kleine Zange schob das Fleisch etwas zurück, schaffte sich Raum und biss in den Ring ein. Ein scharfer Druck, und der Ring war durchschnitten. Nun brauchten nur noch die beiden Enden auseinander gebogen zu werden, um ihn vom Finger zu nehmen. Der Mann tat es.
»Endlich!«, triumphierte jetzt der Graf.
»Nun werden wir es erfahren, der Beweis ist da! Und wir alle sind Zeugen ...«
Er griff hastig nach dem Ring und sah nach der

Inschrift. Ein Ruf äußerster Überraschung entfuhr ihm. Der Ring trug das Datum der Trauung, »23. Oktober«.

***

Wir saßen auf der Terrasse von Monte Carlo. Als Lupin seine Erzählung beendet hatte, steckte er sich eine Zigarette an und blies gemächlich Wölkchen in die Luft.

»Nun?«, fragte ich. »Was geschah dann? Wie war das Ende der Geschichte?«

»Das Ende? Nun, so wie ich's erzählt habe.«

»Ach, Sie scherzen!«

»Keineswegs. Ist Ihnen das nicht genug? Die Gräfin ist gerettet. Da der Graf keinen anderen Beweis gegen sie hat, wird er von seiner Mutter gezwungen, auf die Scheidung zu verzichten und seiner Frau das Kind wiederzugeben. Dann verlässt er seine Frau und sie lebt mit ihrem Sohn, der jetzt schon sechzehn Jahre alt ist, glücklich zusammen.«

»Ja, ja ... aber wie ist die Gräfin gerettet worden?«

Lupin lachte laut auf.

»Aber, mein liebster Freund ...«

(Zuweilen beehrt mich nämlich Lupin mit dieser Anrede.)

»Mein lieber Freund, Sie verstehen es ja nicht übel, dem Publikum meine Heldentaten zu erzählen. Aber wahrhaftig, wenn man Ihnen was erzählt, darf man keinen i-Punkt weglassen, sonst

begreifen Sie nicht. Ich kann versichern, die Gräfin hat keine Erklärung gebraucht.«
»Ich bilde mir nichts auf meine Klugheit ein«, antwortete ich lachend. »Setzen Sie ruhig den Punkt auf alle i-s.«
Er zog ein Fünffrankenstück hervor und schloss die Hand darüber.
»Was habe ich in dieser Hand?«
»Ein Fünffrankenstück.«
Er machte die Hand wieder auf. Das Fünffrankenstück war nicht mehr da.
»Sehen Sie, wie leicht das ist! Ein Goldschmied durchschneidet mit seiner Zange einen Ring, auf dem ein Name eingraviert ist, aber er übergibt einen anderen mit dem Datum des dreiundzwanzigsten Oktober. Das ist ein einfacher Taschenspielertrick, wie ich noch viele andere auf Lager habe. Zum Teufel! Ich bin sechs Monate bei Pichmann in die Schule gegangen.«
»Gut! Fahren Sie fort!«
»Wissen Sie noch nicht genug?«
»Wer war der Goldschmied?«
»Na, Horace Velmont! Der gute Lupin! Als ich um drei Uhr morgens die Gräfin verließ, habe ich die wenigen Minuten, die mir bis zur Ankunft des Herrn Grafen blieben, dazu genutzt, sein Arbeitszimmer zu inspizieren. Da fand ich auf dem Tisch den Brief des Goldschmieds. So erfuhr ich dessen Adresse. Mithilfe einiger Goldstücke konnte ich an die Stelle des Handwerkers treten und bin dann mit einem neuen, bereits durchschnittenen

goldenen Ring gekommen, in den die entsprechende Inschrift vorher eingraviert worden war. So verlief das Pistolenduell unschädlich; der Graf hat nur den Rauch gesehen.«

»Großartig!«, rief ich aus. Und mit einiger Ironie fuhr ich fort: »Aber meinen Sie nicht, dass Sie dabei selbst auch ein bisschen an der Nase herumgeführt wurden?«

»Wieso? Von wem?«

»Von der Gräfin.«

»Inwiefern denn?«

»Nun ja, der Name, der da als Talisman eingraviert war ... der geheimnisvolle Unbekannte, der sie liebte und für den sie litt. Alles das kommt mir doch recht unwahrscheinlich vor, und ich frage mich, ob Sie, schlauer Lupin, da nicht eine Rolle als Helfershelfer in einem hübschen Liebesroman mehr realistischer als unschuldiger Art gespielt haben?«

Lupin sah mich unwillig von der Seite an.

»Nein«, sagte er.

»Woher wissen Sie das?«

»Wenn die Gräfin auch die Wahrheit ein wenig verschleierte, als sie sagte, sie habe jenen Mann vor ihrer Ehe gekannt, und er sei tot, und sie habe ihn nur in der geheimen Tiefe ihres Herzens geliebt. So habe ich doch den sicheren Beweis, dass diese Liebe eine ideale Liebe war, von der der Betreffende nichts ahnte.«

»Haben Sie einen Beweis dafür?«

»Der Beweis steht auf der Innenseite des Ringes

eingraviert, den ich mit eigener Hand vom Finger der Gräfin abgeschnitten habe, und den ich nun selbst als Talisman trage. Hier ist er. Sie können den Namen lesen.«

Er gab mir den Ring, und ich las: »Horace Velmont«.

Wir schwiegen, und als ich Lupin ansah, bemerkte ich auf seinem Gesicht eine gewisse Gemütsbewegung, einen Zug von Schwermut.

Und ich fragte weiter: »Wie kamen Sie heute zu dem Entschluss, mir diese Geschichte, auf die Sie mir gegenüber schon so oft angespielt haben, zu erzählen?«

»Wie ich dazu kam?«

Er deutete auf eine noch recht hübsche Enddreißigerin, die am Arm eines jungen Mannes an uns vorüberging. Sie bemerkte Lupin und grüßte.

»Sie ist es«, flüsterte er, »sie mit ihrem Sohn.«

»Sie hat Sie also wiedererkannt?«

»Sie erkennt mich immer, welches auch meine Verkleidung sein mag.«

»Aber nach dem Einbruch in das Schloss Thibermesnil hat die Polizei festgestellt, dass Lupin und Horace Velmont ein und dieselbe Person sind.«

»Ja.«

»Also weiß sie, wer Sie sind?«

»Ja.«

»Und grüßt Sie?«

Er packte mich beim Arm und zischte: »Meinen Sie denn, ich bin für sie Lupin? Meinen Sie, ich sei in ihren Augen ein Einbrecher, ein Gauner, ein

Halunke? Aber, wenn ich auch der Elendste der Elenden wäre, ja, wenn ich gemordet hätte, sie würde mich doch noch grüßen!«
»Warum? Weil sie Sie geliebt hat?«
»Ach was! Das wäre eher ein Grund, mich jetzt zu verachten.«
»Also?«
»Ich bin der Mann, der ihr den Sohn wiedergab.«

Maurice Leblanc

Die Abenteuer des Arsène Lupin

Arsène Lupin – Gentleman-Gauner
Der blaue Diamant
Die hohle Felsnadel
813
Der Kristallstöpsel
Der Zahn des Tigers
Das goldene Dreieck
Die Insel der dreißig Särge
Acht Glockenschläge
Die Gräfin Cagliostro
Die Dame mit den grünen Augen
Die geheimnisvolle Villa

Martin Barkawitz

Arsène Lupin und der Automatenmensch

Paris 1899: Der Meisterdieb Arsène Lupin und die schöne Witwe Natalie Noir sind durch ein tödliches Geheimnis miteinander verbunden. Als Natalie einen undurchsichtigen Yankee um seinen Besitz erleichtert, wird dadurch eine Lawine dramatischer Ereignisse losgetreten. Lupin muss sich einem erbarmungslosen Gegner stellen, der dem Mysterium des ewigen Lebens auf der Spur ist. Werden Lupin und Natalie am Ende zwischen Schwerkriminellen und Polizei zerrieben?

Taschenbuch 276 Seiten, € 11,90 [D]

ISBN 978-3-96357-094-0